점핑

차 례

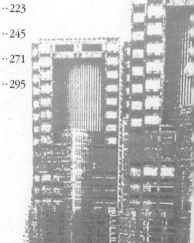

1.
나는 고수(?)

　새로운 삶이라고 했지만 아직까지 딱히 달라진 건 없었다.

　아침에 윤승호로 점핑을 한 후, 선도법과 선도술을 수련하다가 때 되면 밥을 먹는다.

　그리고 휴식을 취하며 다른 사람의 기억을 읽으며 간접경험을 하고, 다시 수련.

　그렇게 밤이 되면 이지원의 육체로 들어가 근육이 퇴화되지 않도록 이리저리 움직인다.

　정말 다행인 점은 이지원의 다리는 그리 심각한 상태가 아니었다.

　그리고 마지막으로 내 육체로 돌아가 선도법을 행하며 육체와 연결을 시도한다.

지루하기까지 한 생활에 누군가라도 찾아오면 기쁨은 배가 되었다.

점핑도 하고 대화도 할 수 있으니 말이다.

딩동댕동~! 디리리링 대래래랭~!

한참 땀을 흘리고 있는데 들리는 벨소리.

오늘 영화 '좌포청(左捕廳)'의 감독이 오기로 했다.

윤승호는 그 영화에서 말 타는 장면을 찍다 입원을 한 것이다.

하지만, 화면에 보이는 얼굴은 윤연채, 윤승호의 동생이었다.

올해 고3이 되지만 뺀질거리며 놀러 다니기를 좋아하는 전형적인 10대.

벌써 네 번째 보는 얼굴이다.

병원에서 한 번. 그리고 이 집에 온 이후로 3번.

"웬일이냐? 또 용돈?"

"동생이 왔는데 그 무슨 말이야? 일단 잘 지내느냐? 공부는 잘하느냐? 이런 걸 물어야 하는 거 아냐?"

나이 차이가 꽤 나는 동생이라 윤승호는 윤연채를 무척이나 예뻐했다.

그래서 버릇이 좀 없다. 그래도 전혀 밉게 보이지 않는 애였다.

"그래? 잘 지내고 공부는 잘해?"

"전혀 발전성이 없다니까. 그보다 먼저 뭐라도 권해야 하는 거 아냐? 난 비타민 음료."

휑하니 스쳐 지나가더니 소파에 앉는다.

고아원에서 오빠, 형하며 쫓아다니던 녀석들은 뭘 하고 지낼까?

이미 모두 고아원에서 독립해 나와 지낼 텐데.

"자."

"고마워, 오빠."

난 아무 말도 없이 가만히 앉아 같이 음료수를 마셨다.

곧 연채는 조잘거리기 시작할 것이다.

"오빠 때문에 집을 옮겨 학교가 너무 멀어. 그래서 지각할 뻔한 적이 얼마나 많은지 알아? 덕분에 내 용돈의 대부분은 택시비로 나간단 말이야. 그뿐이면 말을 안 해. 스타 오빠가 무슨 물주라도 되는 듯 친구들이 얼마나 한 턱 쏘라고 하는지 알아?"

마치 속사포처럼 빠르게 말을 뱉는다.

이 얘기는 이미 세 번째 듣는 거다.

'그래서 용돈 줬잖아.'라고 지난번에 말했다가 얼마나 잔소리를 들었는지 몰랐다.

그냥 딸애의 어리광이라 생각하고 들어주는 게 정신 건강에 좋았다.

"그랬구나. 우리 연채가 많이 힘들었겠네?"

"응, 이제야 오빠도 내 마음을 이해해 주는구나."

연채의 귀여운 행동에 난 빙긋 웃었다.

"그래, 그럼 이 오빠가 어떻게 할까?"

"그야 오빠 맘이지. 난 내 마음만 이해한다면 그걸로 만족해."

"하하하! 알았다."

난 미리 준비해 뒀던 것을 가지고 왔다.

"이건 현금카드고 비밀번호는 네 생일이야. 그리고 이건 당장 필요한 택시비."

"카드는 필요 없어."

"앞으로 영화 들어가면 집에 와도 없을 텐데?"

"일 다시 시작하려고? 좀 더 쉬지 그래."

약간 걱정스런 표정의 연채.

하지만 그러면서 카드와 돈을 챙긴다.

"저녁 먹고 갈래?"

"아니, 친구들이 기다리고 있어. 또 바로 학원 가야 하거든."

볼일이 끝난 연채는 가방을 챙겨 일어난다.

"엄마한테는……."

"비밀이지. 조심히 다니고 급하면 연락하고."

"응. 오빠도 몸조심해. 참 사인은?"

"저기 문 앞 봉투에."

"고마워, 오빠."

돈과 사인지가 든 봉투를 들고 뒤도 돌아보지 않고 사라지는 연채의 모습을 본다.

지안이 사라지고 유일하게 웃을 때가 저 애를 볼 때가 아닌가 싶다.

이미 식어 버린 몸. 다시 수련을 하자니 어중간하다.

샤워나 하고 책이나 읽어야겠다.

딩동댕동~! 디리리링 대래래랭~!

"잊고 간 게…… 감독님, 어서 오세요."

매니저 배동수와 조문경 감독, 그리고 낯선 사내.

"승호 넌 여전하구나. 하지만 교복을 입고 나가던데 기자들한테 걸리면 영화고 뭐고 물 건너가는 거야."

이 사람들이 사람을 뭐로 보고.

거기 낯선 사내 얼굴 좀 펴지.

"친. 동. 생. 입니다."

"그래? 역시 유전자가 다르네. 엄청 예쁘던데 연예계엔 관심 없대?"

"신 사장님도 몇 번 권한 거 같은데 연채가 알아서 하겠죠. 들어오세요."

조문경 감독과 낯선 사내는 맞은편에 앉자 배동수가 음료를 내온다.

"참, 여기는 새로운 무술감독 전영필. 인사해."

"처음 뵙겠습니다. 윤승호라고 합니다."

"전영필입니다."

전영필은 보기에도 탄탄하다.

겨울임에도 와이셔츠에 양복만 입고 있었는데 옷이 타이트한지 미끈한 근육의 굴곡이 그대로 보인다.

"지난번 무술감독하고 사이가 별로 안 좋았잖아? 그래서 특별히 초빙한 사람이니까 이번엔 잘하라고."

사이가 안 좋았던 게 아니라 윤승호가 일방적으로 건방지게 굴었다.

자연 훈련은 흐지부지 시간만 때웠고, 결과는 사고로 이어졌다. 물론, 민수란이 한 짓임은 틀림없지만 훈련만 제대로 받았어도 큰 사고는 나지 않았을 것이다.

"다음에 그분께 제가 잘못을 빌어야겠네요. 나중에 자리 한 번 마련해 주세요, 감독님."

"하하! 소문이 진짜였네. 그건 내가 알아서 할 테니까. 일단 일 얘기부터 하자고."

"예."

조문경 감독은 솔직히 자신의 입장을 밝혔다.

현재 투자사도 제작사도 윤승호의 사고로 꽤나 곤란한 상태라는 것과 이미 찍어놓은 분량 때문에 날 기다리고 있지만 조연 배우들도 피해가 많았다는 것이다.

그래서 최대한 빨리 촬영을 재개해야 하는데 협조를 바란다는 것이었다.

"알겠습니다. 좌포청 촬영 스케줄을 최우선으로 하겠습니다."

"정말?"

"예. 다른 일은 특별히 없지, 형?"

"으, 응. 몇 가지 있는데 일단 촬영이 먼저지."

쳇! 욕심쟁이 사장 같으니라고.

한동안 몸 관리한다고 했는데 벌써 스케줄을 짜놓은 모양이다.

"오케이! 그럼, 한 달 뒤부터 촬영에 들어가는 걸로 계획을 짜자고. 그리고 한 가지 일이 더 있는데…….”

무슨 말을 하려고 이렇게 뜸을 들이는 거지?

“여기 있는 전영필 감독과 훈련 좀 하라고. 일주일에 3
일, 아니, 2일이라도 좋으니까. 또 그런 사고가 안 난다는
보장이 없잖아.”

“좋습니다. 더 자주 가도 괜찮죠?”

“예. 하지만 전 꽤 힘들게 운동을 시킵니다. 제 말만 잘
따라주신다면야 저도 환영합니다.”

“저도 다시 사고는 나기 싫거든요. 잘 부탁드립니다, 전
감독님.”

“좋아, 좋아. 사람이 확 달라져서 왔군. 잘해보자고.”

사실 내가 영화에 그토록 애착을 가질 필요는 없었다.

하지만, 윤승호가 영화 캐런티로 받은 돈이 3억+α다.

내가 받은 돈은 아니지만 내가 쓰고 있는 돈이 이들에게
받은 것이니 최선을 다해야 한다고 생각했다.

영체로 TV를 볼 때 어느 스타가 말했다.

자신들은 정말 죽을 만큼 일해서 많은 돈을 받는 거라고.

하지만 그건 웃기는 말이다.

우리나라의 일부를 제외하곤 모두 그만큼씩 일하고 있다.

일한 비율로 따지자면 정말 말도 안 되게 고수익의 직종
이다.

이런 얘기가 나오면 또 나오는 말이 있다.

고용이 불안하다는 소리와 TV에 나오는 사람들 중 일부
를 제외하고는 정말 적은 돈으로 생활하고 있다고.

일견 맞는 말 같지만 그것도 헛소리에 가깝다.

고용 불안은 우리들의 모든 아버지와 어머니들이 겪고 있는 일이다.

그리고 그 적은 돈을 받는 이들에게 돈을 나눠줄 생각이 없다면 그런 소리하지 말아야 한다.

받은 만큼 열심히 일하자.

내가 여러 사람의 기억을 읽으며 얻은 결론이었다.

◆　　◆　　◆

연예인들이 타는 커다란 밴에 몸을 싣고 약간 논밭이 보이는 길로 들어선다.

그렇게 좀 더 달리자 목적지가 보인다.

YF액션스쿨.

작은 나무 현판이 입구에 보이고 전체적인 인상은 그냥 허름한 창고 같은 느낌이다.

문을 열고 안으로 들어가자 바깥보다 오히려 더 춥다.

그래도 안은 꾸며놓은 느낌이다.

실내 체육관처럼 나무 바닥에 여기저기 매트리스가 깔려 있다.

너무 일찍 온 건가?

체육관에는 아무도 없었다.

"실례합니다!"

마이크를 대고 말하는 것처럼 울려 퍼지는 내 목소리.

하지만 반응은 전혀 없다.

자고 있는 사람 괜히 깨우기도 뭐하다.

운동할 준비를 하고 온 상태라 딱히 옷을 갈아입을 필요가 없었기에 간단히 몸을 풀기 시작했다.

윤승호의 몸을 가지고 꾸준히 해온 선도법과 선도술은 어느 정도 익숙해졌다.

특히, 선도법을 행하면 온몸이 뿌듯해지는 느낌이 든다.

가볍게 스트레칭을 한 후, 머리 위에 있는 홀을 느끼며 아침의 기(氣)를 받아들인다.

그리고 팔굽혀펴기를 시작한다.

몸을 풀기 위한 간단한 운동이었지만 몸이 좋아졌다는 걸 확실히 느낀다.

팔굽혀펴기는 100회를 해도 전혀 힘들지 않았고, 이후 손을 바꿔가며 100회, 한 손으로 해도 어렵지 않았다.

짝! 짝! 짝!

체육관에 내 박수 소리로 가득하다.

짝짝! 짝짝! 짝짝!

박수치며 팔굽혀펴기는 박수를 세 번 치는 동작까지만 한다.

물론, 힘으로 강하게 밀고 박수를 치면 10번까지도 가능하지만 몸을 풀기 위해 하는 운동이지 쇼를 하기 위한 것은 아니었다.

"후~"

총 500회의 팔굽혀펴기를 하고 가벼운 숨 한 번으로 팔굽혀펴기를 마친다.

그리고 앉았다 일어났다를 시작한다.

선도법은 내 몸에 끊임없이 힘을 공급한다.

1단계와 2단계라면 어떨지는 모르지만 3단계의 선도법은 정말이지 놀라운 효능을 보인다.

몸에서 서서히 땀이 흐르기 시작한다.

윤승호의 몸으로 처음 땀을 흘렸을 땐 구토가 날 정도로 독한 냄새가 났었다.

하지만 하면 할수록 땀이 나오는 양도 줄었고 냄새도 사라져 갔다.

요즘은 딱 기분 좋을 정도로만 흐른다.

준비운동은 대략 마쳤다.

그리고 선도술을 시작한다.

선도술의 1단계는 27식의 동작을 호흡과 일치시켜 펼쳐 내는 것이라면 2단계는 한 호흡에 3식을 펼치면 완성이다.

"후~~흡, 후~~흡……."

호흡 소리도 처음과 달리 급하지도 않았고, 크게 들리지도 않는다.

그리고 한 호흡에 3식을 펼치며 서서히 나아간다.

아홉 번의 호흡에 27식이 끝이 난다.

그걸 아홉 번 반복한 후, 속도를 더욱 높인다.

선도술의 3단계는 9식을 한 호흡에 펼쳐야 하는데 지금은 무리다.

호흡을 아무리 길게 잡아도 5~6식이 되면 끊기는 게 느꺼진다.

1식이라고 해도 적어도 세 가지의 동작을 가진다.

적어도 27개의 동작을 '뻗다, 치다, 당기다, 막다'를 구분해서 한 호흡에 한다는 것은 정말이지 불가능하다.

그런데, 며칠 전까지 선도법 3단계에만 너무 치중해서 알아차리지 못했다.

바로 2단계의 피부로 기를 받아들이는 것이 바로 선도술 3단계를 깨기 위해 필요하다는 걸 깨달았다.

피부로 기만 받아들이는 것은 아니다. 바로 호흡도 가능하다는 것.

그렇다는 건 선도법 3단계의 호흡을 홀로 받아들이는 것도 가능하다는 것인데 그건 내가 지금 할 수 없는 일이었다.

홀로 기를 빨아들이면서 숨을 참아봤는데 죽을 뻔했다.

내가 수련을 할 때 의식은 항상 홀에 가 있다.

하지만 그 의식을 하나 늘려 피부호흡에 신경을 쓰고 있다.

선도술의 27식은 익숙해져 의식을 굳이 둘 필요가 없었기에 가능한 일이었다.

슈슈슈 휘휘휘~

옷과 공기의 마찰 소리가 연속적으로 이어지며 독특한 소리를 만들어낸다.

약간의 기척에 하던 동작을 멈췄다.

"누가 아침부터 이렇게 시끄럽게 구는 거야?"

체육관의 한쪽 문이 열리며 부스스한 모습으로 한 인영이 나타난다.

"어, 누구세요?"

"안녕하세요. 윤승호입니다."

"배우 윤승호 씨요?"

"예."

"자, 잠깐만요."

잠깐 병진 표정을 짓더니 후다닥 다시 나온 곳으로 들어간다.

그리고 꽤나 소란스러운 소리가 들리는 걸 보니 누군가를 깨우는 건가 보다.

"으함~~! 빨리 오셨군요?"

"예, 할 일이 없어서. 하하!"

잠시 후, 좀 전의 그 남자와 다를 바 없는 모습의 전영필이 나온다.

"저희가 어제 저녁에 촬영이 있어 새벽에 들어왔습니다. 그래서 이 모양이군요. 금방 준비할 테니 몸 좀 풀고 계십시오."

"전 신경 쓰지 마시고 식사도 못하셨을 텐데 천천히 하세요."

"……"

한쪽 눈썹이 올라가더니 내가 한 말에 무슨 의미가 담겼는지 생각하나 보다.

"딴 뜻은 없습니다."

"알겠습니다. 정 심심하시면 저쪽 창고에 각종 무기들이 있으니 가지고…… 사용해 보세요."

가지고 놀라고 말하려다 나름 예의를 차려 말을 바꾼다.

난 고개를 끄덕이고 창고로 갔다.

"워~"

약하긴 하지만 공장 기숙사의 냄새가 확 풍겨 나온다.

창고엔 땀에 쩔은 각종 장비가 가득하다.

난 목검을 들었다.

미끄러지지 말라고 손잡이 부분에 천을 말아 뒀는데 아주 새까맣다.

윤승호의 기억에 남아 있는 동작들을 따라해 본다.

전(前) 무술감독은 꽤나 실력파였다.

많지 않은 동작으로 가장 화면에 멋있어 보이게 만드는 재주가 있었다.

하지만 꽤나 고지식하다는 게 그의 단점이었는데 윤승호는 그의 고지식함을 무척이나 싫어했었다.

마치 검법 동영상을 보듯이 머릿속으로 과거의 한 부분을 보며 동작을 흉내 낸다.

선도술과는 또 다른 느낌이다.

검법과 권법라는 차이점도 있지만 선도술이 죽이기 위한 기술이라면 지금 하는 검법은 마치 무용을 하는 것 같다.

"어, 다 기억하고 계시네요?"

맨 처음 나와 마주친 사내였다.

약간 마른 모습이 더욱 날렵하게 보이는 그는 씻고 나왔는지 꽤 준수한 얼굴이다.

"식사는 하셨어요?"

"아직요. 애들이 밥 준비하고 있어요. 감독님이 이번 영화에 쓰일 동작이라도 가르쳐주고 오라고 해서요."

"하하! 신경 쓰지 말라고 했는데 좀 신경 쓰이셨나 보군요."

"헤헤. 의외로 소심한 데가 있는 분이거든요. 참, 전 피종효라고 합니다. 올해 서른한 살입니다."

"예. 정식으로 인사드리죠. 윤승호입니다. 올해 스물여섯입니다."

우리는 악수를 했다.

"소문은 역시 믿을 게 못되는군요. 앞으로 잘해보죠."

"예. 그리고 소문은 사실입니다. 대신 죽다 살아나서 바뀐 거죠."

"크하하하! 그런가요? 어쨌든 앞으로 잘 지내봐요. 지난번 한 감독님에게 배운 건 모두 기억하고 있어요?"

"예. 워낙 설렁설렁 배워서 맞는지는 모르겠군요."

"제가 보기엔 꽤 괜찮은데요. 일단 몇 가지 동작을 더 넣었지만 크게는 바뀌지 않았어요. 제가 한 번 보여드리죠."

피종효가 보여주는 동작을 자세히 본다.

머릿속에 펼쳐지는 동작과 같이 비교해서 보니 차이점을 명확히 알 수 있었다.

전보다 약간 더 남성적이었고, 화려한 동작 5가지가 더 들어가 있었다.

"대충 아시겠어요?"

"예."

"에?"

자기가 묻고 자신이 놀란다. 어려울 것 없었다.

선도술 27식을 호흡법과 같이 익숙해질 때까지 익혔던 나다.

난 목검을 들고 그가 하는 동작을 그대로 따라했다.

사실 이건 화면빨 잘 받기 위해 만든 동작들의 연결일 뿐이다.

물론, 만든 사람은 어떤 고심을 하며 만들었을 수도 있지만 연기자는 연기만 잘하면 되는 것이다.

그리고 합(合:상대방과 미리 짜놓은 동작)만 잘 맞추면 된다.

짝짝짝짝!

"정말 잘하시네요. 승호 씨, 무술에 재능이 있는 것 같은데요?"

"별말씀을요. 그냥 눈썰미가 좋은 뿐이에요."

참 난 칭찬에 약하다.

공장에서도 일 잘한다는 소리를 들으면 무리해서 일을 했던 경험도 있었다.

괜히 눈앞의 피종효가 마음에 든다.

"이건 좀 지난 다음에 가르쳐 줄 건데. 한 번 해 봐요."

목검을 들고 팔다리를 쓰는 동작이었다.

마지막 720도 회전차기는 정말 깔끔하다.

짝짝짝짝!

"멋있네요."

"헤헤, 직업이니까요. 마지막 동작은 스턴트맨을 쓰거나 와이어로 할 작정이니까 그 전까지만 해 봐요."

쑥스러워 하는 그였지만 기분은 좋아 보인다.

칭찬은 칭찬을 낳고 그 칭찬은 또 칭찬을 낳고.

난 목검으로 그가 했던 동작을 따라했다. 발동작은 실전에는 쓸 수 없는 큰 동작들이었다.

화면에 멋있게 나오려면 큰 동작은 필수.

"잘했어……."

마지막의 540도 세로 회전차기에서 멈출 생각이 없었다.

왠지 가능할 것 같은 느낌에 축(軸)을 이루는 발에 힘을 준 후 몸을 돌렸다.

그리고 축이 되는 왼발에 힘을 준 후 그대로 박찼다.

팍!

오른발이 그대로 공중의 한 지점을 차며 꽤 그럴싸한 소리를 낸다.

이런, 그런데 너무 높이 뛴 모양이다. 차고도 회전이 남는다.

반 바퀴 더 돌자 겨우 발을 디딜 수 있었다.

"휴~ 위험할 뻔했네요."

"……."

"뭐가 잘못됐어요?"

"아, 아뇨. 너무 완벽한 차기여서……."

참 사람 부끄럽게 만드는 묘한 재주가 있는 사내다.

"그, 그럼 연습하고 있어요. 밥 먹고 올게요."

"즐밥(즐거운 식사) 하세요."

어리둥절한 표정으로 다시 뒤돌아보는 피종효의 시선을 무시하고 방금 가르쳐 준 동작들을 반복해 본다.

"험. 동작은 아무 문제가 없을 것 같군요. 하지만, 지금부터 합(合)을 맞춰야 하는데 이때 정말 조심해야 합니다."

전영필은 피종효에게 말을 들었는지 밥 먹고 나와 다짜고짜 내게 가르쳐 준 동작을 보자고 했다.

내가 보여주자 방금 전과 같은 말을 한다.

"종효야, 네가 석이하고 같이 승호 씨에게 합 좀 가르쳐 드려라. 다른 애들은 몸 풀기부터 시작한다."

"예! 승호 씨 이쪽으로 와요. 이쪽은 박석이라고 승호 씨보다 두 살 어린 친굽니다."

"안녕하세요, 윤승호입니다."

"안녕하세요, 박석이라고 합니다. 실제로 보니 정말 아우라가 장난 아니네요."

박석이란 친구는 얼굴이 약간 험악했지만 웃는 얼굴로 단점을 극복하고 있었다.

시끌벅적해진 체육관의 한쪽으로 우리는 자리를 옮겼다.

"처음부터 목검으로 하면 서로 위험하니 일단 간단한 합부터 해 봐요. 일단 저와 석이가 하는 동작을 한 번 보세요."

"예."

이미 간접적으로나마 경험이 있었기에 두말하지 않았다.

두 사람은 간단한 동작으로 서로의 합을 맞추더니 바로 시작한다.

공격이 오가더니 화려한 뒤돌려차기에 박석이 두 바퀴 돌며 바닥에 쓰러진다.

TV에서 액션 장면이 나온다 하면 무조건 나오는 합이다.

스치지도 않았는데 쓰러지는 악당들 말이다.

"알겠어요?"

"예, 그리고 말 편하게 하세요. 앞으로 한동안 볼 얼굴인데 불편하잖아요."

"그래? 그러지 뭐. 그럼, 천천히 석이하고 한 번 맞춰봐."

마지막 뒤돌려차기를 제외하곤 손동작이라 한결 쉬웠다.

"잘하시네요. 긴장만 풀면 괜찮을 것 같아요. 그럼, 속도를 좀 높여볼까요?"

속도를 높여도 빠르지 않았다.

오히려 넋을 빼고 있다가 선도술로 공격할까 봐 긴장이 된다.

"이번엔 뒤돌려차기까지 해 봐요."

치고, 막고, 다시 치고 막고, 배를 강타당해 고개를 숙인 상대에게 뒤돌려차기.

"어! 위험……."

내 발은 정확하게 박석의 얼굴 앞에서 멈췄다. 박석은 얼어붙은 듯 내 발만 바라볼 뿐이다.

"야, 임마! 뭐해? 승호는 정확히 들어갔는데 네가 그러면 어쩌자는 거야."

피종효의 말에 그제야 정신을 차린 박석이 멍한 표정으로 말한다.

"바, 방금 발을 못 봤어요."

"뭐? 그게 말이 돼? 승호가 무슨 무술의 고수냐? 너 혹시 잠이 들 깬 거 아냐?"

"진짜라니까요. 갑자기 몸이 흐릿해지면서 발이 날아오겠거니 생각했을 때 이미 제 눈앞에 있었다고요."

나도 예상하지 못한 일이었다. 단지 뒤돌려차기를 해야 한다는 생각밖에 없었다.

그리고 피하지 않는 박석을 보고 멈춘 것이다.

"승호야 방금 전 속도로 여기를 차봐."

피종효는 발차기 미트를 가져와 내 가슴 높이로 차보란다.

내 실력은 어느 정도일까?

수련을 한 이후로 싸워본 적이 없으니 알 수가 없다.

막연히 강해졌다는 건 알고 있지만 과연 진짜 실력자들에게 통할지는 여전히 의문이다.

"찰게요."

난 고개를 끄덕이는 피종효를 보고 바로 뒤돌려차기를 했다.

아까와 같은 속도. 이번에는 멈출 필요가 없었다.

파아앙!

체육관을 울리는 소리와 함께 발차기 미트가 하늘을 날아간다.

적막.

체육관에 있던 모든 이들의 눈이 나에게 박힌다.

다들 어이없어 하는 표정이 역력하다.

"야! 종효 너희 장난치지?"

"죄, 죄송합니다."

전영필 무술감독의 한마디에 체육관 분위기는 일시에 원래대로 돌아간다.

하지만, 우리가 있는 장소는 그러지 않았다.

"봐요. 제 말이 맞죠? 승호 형 의외로 엄청 고수인 거 같아요."

박석은 어느새 날 형이라고 부른다.

'의외로'라는 말을 제외하곤 꽤나 마음에 드는 녀석이다.

"승호야, 너 혹시 하는 운동 있었니?"

"병원에서 깨어난 다음부터 몸에 좋다는 운동 좀 했어요."

선도법과 선도술을 언급하지 않았다.

이건 무협지에서 타문파의 무술을 훔친 거나 다름없는 일이었으니까.

어쩌면 그들이 내 근맥을 끊겠다고 달려들지도 모른다.

"그래 봐야 몇 개월 되지도 않는데……. 아무래도 넌 타고난 무술가 체질인가 보다."

"이거 운동할 맛이 안 나는데요. 전 벌써 15년이 넘었는데."

두 사람이 나에 대해 이러쿵저러쿵할 때 난 선도법과 선도술에 대해 다시 한 번 생각하는 계기가 되었다.

"정말 하늘은 불공평하다니까요. 승호 형은 얼굴도 잘나, 무술도 잘해, 돈도 많아 도대체 난 뭔가 싶다니까요."

"얌마! 넌 인상이 더럽잖아."

"형! 인상 더러워 좋을 건 뭐가 있어요? 매일 검문이나 당하는데."

"짜샤! 다른 사람들이 시비는 안 걸잖아."

나도 그렇게 생각했기에 웃음이 나왔다.

"하하하!"

"어? 승호 형까지."

"인상 쓰지 마. 무섭단 말이야."

난 무섭다는 표정으로 뒷걸음쳤다.

"으아! 못 참아!"

마구 날뛰는 석이를 피해 나와 피종효는 웃으며 도망다녔다.

"너희들 정말!"

장난은 전영필의 고함 소리에 끝이 났다.

그리고 우리는 합(合)에 대해 더 심화된 연습을 시작했다.

2.
난 정신 이동자다

과거의 난 인간관계가 협소했다.

내 자신이 나서는 걸 좋아하지도 않았고 굳이 누군가가 나에게 말을 걸어도 그런가 보다 하고 넘어갈 뿐이었다.

어린 시절 고아원의 아이들을 제외하곤 유일한 친구가 지안이었으니 말 다했다.

그런데, 사람들의 기억을 읽어서인지 성격이 완전히 바뀌었다.

외향적이고 활달한 성격으로의 변화.

변화는 그전부터 있었는지도 모른다.

하지만 내 자신이 놀랄 정도로 YF액션스쿨 식구들과 빠르게 친해졌고, 나도 그런 관계에 즐거워한다는 것이다.

지금은 그들과 점심을 먹고 커피 타임을 가지고 있다.

"승호야, 조 감독님한테서 전화 왔다."

"어떤 조 감독이요?"

동수 형이 전화기를 들고 왔다. 또, 한 가지 바뀐 점은 이제 내 나이를 스물여섯으로 생각하기 시작했다는 것.

얼마 전까지 반말로 하던 것을 요즘은 존대와 섞어서 사용하기 시작했다.

"조문경 감독님."

'성(性)이 조씨인 감독은 감독이 되고도 조감독이구나.' 라는 생각이 잠깐 들었다.

"예, 감독님."

—전 감독한테 얘기 들었어. 바로 촬영에 들어가도 된다고?

"전 감독님이 잘봐주셔서 그렇죠. 그런데 무슨 일이세요?"

조문경 감독이 나에게 전화를 할 일은 별로 없다.

소속사와 매니저가 알아서 처리하니 내가 나설 필요가 없다.

그런데, 날 바꿔달라는 거 보면 나에게 할 말이 있다는 것.

—응, 다른 게 아니고……. 신선문 선생님이 스케줄 때문에 영화에 나오실 수가 힘드시데.

신선문. 일흔이 지난 나이에도 왕성한 활동을 하는 분으로 어린 시절부터 TV를 틀면 아버지와 할아버지 역할을 하던 분이다.

그분이 맡은 역할은 시대를 풍미했던 한명회로 영화에서 꽤 중요했다.

"솔직히 말씀하셔도 돼요."

약간만 유추를 해 봐도 그분이 스케줄 핑계를 대신 이유가 나 때문이라는 걸 알 수 있었다.

아니라면 왜 나에게 전화를 했겠는가.

─기분 나쁘게 생각하지 말고 들어. 내가 찾아뵈었는데 선생님이 좀 노여워하고 계시더라. 네가 죽을 뻔했다는 건 알지만 그래도 한 번은 찾아오실 줄 알았나 봐. 다른 분들도 스케줄 다시 짜느라 힘들었다.

뒷얘기는 듣지 않아도 알겠다.

나 보고 한 번 찾아가라는 것이다.

"알았어요. 어렵지도 않네요."

─정말? 그래 줄 수 있어?

조문경 감독이 저자세인 이유가 있다.

윤승호라는 이름과 소속사의 힘이 강하기 때문이다.

건방지다고 해도 인기가 있으면 웬만한 선배들은 아무 말도 못한다.

뒷담화는 하겠지만 앞에서 잘못 말하면 바로 배역이 바뀐다.

윤승호도 드라마를 찍을 때 조연 배우들의 명단을 보고 과거 옳은 말을 하던 선배에 대해 싫은 내색을 했고, 바로 다른 사람으로 교체되었다.

지금의 상황에서도 아마 과거의 윤승호였다면 영화 출연

을 못하겠다고 어깃장을 놓았을 수도 있다.

"지금 생각해 보니 제가 생각이 좀 짧았네요. 내일이라도 당장 찾아뵐게요."

—고마워. 그럼 부탁한다.

"예."

'과거의 윤승호의 건방진 태도에 나만 고생이군.'

하지만 전화를 끊고 생각해 보니 찾아가는 게 나쁜 일만은 아니었다.

그분의 기억을 읽으면 연기력은 문제가 없을 것 같았다.

은근히 내일이 기다려진다.

신선문 선생님께 먼저 전화를 했다.

다행히도 오지 말라는 소리는 없었다.

"형, 진짜 이게 선생님이 좋아하시는 거 맞아요?"

"맞아! 새벽부터 강화에 가서 사온 거라고."

여전히 의심스럽다는 내 눈빛에 설명이 이어진다.

"소속사의 이귀자 선생님이 신선문 선생님과 친분이 있으셔서 여쭤보고 산 거야. 그분이 원래 함경도 출신이신데 월남을 하신 후 강화도에서 생활을 하셨대. 그래서 순무김치를 무지 좋아하신다고 하시더라."

운전을 하면서 연신 고개를 돌리며 억울한 얼굴을 짓는다.

"알았어요."

내가 윤승호의 몸을 차지한 후, 완전히 바뀌었다곤 하지만 동수 형은 여전히 내가 어려운 모양이다.

신선문 선생님은 여의도의 한 아파트에 살고 계셔서 금방 도착했다.

벨을 누르자 곱게 나이든 사모님이 문을 열어 주시며 살갑게 맞이해 주신다.

"어머, 어서 와요."

"안녕하세요, 윤승호입니다. 약소하지만 이건 선생님을 위한 순무김치고 이건 홍삼입니다."

순무김치로는 뭔가 아쉬워 홍삼을 추가했다.

"뭘 이런 걸 가져왔어요. 그냥 와도 되는데…… 어서 들어와요."

"무겁습니다. 제가 들고 들어가겠습니다."

"여기, 여기다 놓아줘요. 남편은 저기 서재에서 기다리고 있으니 들어가 봐요."

부엌 한쪽에 들고 온 것을 놓고 거실을 지나 선생님이 있는 방으로 향했다.

고급스러우면서도 지나치지 않게 꾸며진 거실은 가족사진이 붙어 있었고, 여기저기 화초들이 예쁘게 자라고 있었다.

똑똑!

"들어와요."

TV에서 듣던 목소리가 안에서 들리니 약간은 이상하다.

광고도 찍고, 카메라 앞에도 많이 나서 보았지만 이렇게 어느 순간 신기하다는 생각이 들곤 했다.

아직까지는 연예인을 보면 동료라기 보다는 사인을 먼저 받고 싶어진 달까?

"선생님, 저 왔습니다."

문을 열고 들어가자 여전히 책에서 시선을 떼지 않고 있는 신선문 선생님이었다.

내가 말을 하자 비로소 책에서 시선을 떼고 날 반긴다.

"윤 군, 어서 오게."

백발에 가까운 머리카락과 왜소한 몸.

하지만 눈빛만은 과거 TV드라마 장군 역할에서 봤던 그 눈빛과 다름이 없다.

"귀찮게 해드린 건 아닌지 모르겠습니다."

"괜찮아, 오늘은 스케줄이 없거든. 이쪽으로 앉게."

서재의 책상 앞 소파에 앉으며 자리를 권한다. 난 몸가짐을 조심하며 자리에 앉았다.

"그래, 몸은 많이 좋아졌다고 들었네."

"예. 많은 분들이 염려해 주신 덕분에 빨리 나을 수 있었습니다."

"잘됐군."

"예. 그리고 제가 정신을 잃고 누워 있을 때 찾아주셨다는 말도 들었습니다. 뒤늦게나마 감사드립니다."

"동료로서 당연한 일이었으니 신경 쓰지 말게."

신선문 선생님의 표정에는 싫고 좋음이 나타나 있지 않았다.

그에게 지금 점핑을 할까 싶었는데 사모님이 차를 가지고 들어온다.

"차 마시면서 얘기들 나누세요."

"감사합니다."

"호호! TV에서 볼 때보다 훨씬 잘생겼네요. 나중에 사인한 장만 해주고 가요."

"예. 그리고 말씀 편하게 하세요."

"호호호! 차차 그렇게 하죠. 저 이는 사인 좀 받아달라고 하면 쓸데없는 짓이라고 한다니까요."

사모님도 대략 사정을 아는지 나에게 도움을 주려고 하신다.

"험! 윤 군과 얘기 중이었소."

"누가 뭐래요? 참, 당신 좋아하는 순무김치와 홍삼을 가져왔어요. 얘기 끝난 후에 드셔보세요."

굳은 표정으로 말하는 선생님이었지만 사모님은 별일 아니라는 듯 한마디 더하시고 나가신다.

"그래, 무슨 일로 날 보자고 했나?"

차를 한 모금 마신 후 바로 용건을 묻는다.

난 대답을 하지 않고, 신선문 선생님의 머리 홀을 느끼며 바로 점핑을 했다.

약간의 이질감과 함께 내 눈앞에 윤승호가 소파에 기댄 채 눈을 감고 있다.

이제 이런 장면이 너무나 익숙하기에 곧 기억을 읽기 시작했다.

'헉!'

기억이 끊임없이 내 머릿속으로 들어온다.

보통 사람의 네 배, 아니, 일곱 배가 넘는 분량이다.

기억을 읽을 때 한 사람의 기억을 양으로 따진다면 대부분이 나이 든 사람들의 기억 양이 많다.

하지만, 평범한 일상을 보내는 40대의 기억 양보다 다양한 경험을 한 20대의 기억 양이 더 많을 경우도 있다.

그런데, 신선문 선생님의 기억량은 당연 압도적이다.

만일 내가 선도법을 익히며 점핑 시간이 늘어나지 않았다면 단번에 튕겨 나갔을 것이다.

'윽! 머리가 터질 것 같아.'

이런 경우는 단 한 번도 없었다.

너무 많이 먹어 위가 부담스러울 때처럼 머리가 굉장히 무겁고 거북한 상태다.

일단, 이게 중요한 것이 아니었다.

재빨리 기억을 뒤로 돌려본다.

지금 필요한 건 나와 관련된 일을 체크하는 것이었다.

'허~ 정말이지 건방짐이 하늘에 닿은 녀석이었군.'

촬영장은 제일 자주 지각했고, 친하게 지내거나 비슷한 레벨이 아니면 아예 인사조차 안 하는 모습이 고스란히 보인다.

그리고 주변의 대부분 선배들이 욕하는 영상도 많았다.

역시 나도 사람인지라 그런 모습에 울컥하는 기분이 들었지만 객관적으로 과거 윤승호의 모습을 바라보니 느끼는 바가 많았다.

난 다시 윤승호에게로 점핑했다.

"선생님께서 스케줄 때문에 영화 촬영이 힘들다고 하시는 게 혹 저 때문이 아닐까 해서 이렇게 실례를 무릅 쓰고 왔습니다."

난 모른 척 방금 전 질문에 대한 답을 했다.

"말 그대로 스케줄 때문이네."

약간 이상한 점을 느끼시기는 듯 보였지만 곧 아무 일도 없었다는 표정으로 말하신다.

잠깐 어떻게 말할까 고민을 해 본다.

하지만, 방금 전의 기억을 읽어서일까?

눈앞에 있는 선생님에게 듣기 좋은 말을 해 봐야 소용이 없다는 생각이 든다.

"과거에 제가 어땠는지 잘 알고 있습니다. 인기가 있다는 이유로 건방지다 못해 안하무인이었고, 선배님들과 선생님들을 무시했습니다."

"……"

"죽다 살아난 다음에야 저의 그런 모습이 부끄럽다는 생각이 들었습니다. 그리고 그분들에게 사죄를 드려야겠다는 생각을 선생님께서 하게 해주셨습니다. 혹시 한 번만 더 기회를 주신다면 결코 실망스러운 모습을 보여드리지 않도록 노력하겠습니다. 그리고 과거에 못난 모습을 보여드려 죄송합니다, 선생님."

잠깐 놀란 표정을 지을 뿐 별다른 말이 없으셨다.

하지만 내가 진심을 다해 말함을 아셨는지 눈빛은 약간

누그러져 보인다.

"자네가 그렇게 말한다고 해도 내가 출연하기로 약속을 한 이상 스케줄에 대한 변동은 없을 것이네."

"당연한 말씀이십니다. 선생님의 평생 신념을 제가 어떻게 하겠습니까? 제가 조 감독에게 말해서 최대한 선생님의 스케줄에 맞춰서 하자고 말해보겠습니다."

"그럴 것까지야……."

잘 해결되었으면 더 좋았겠지만 기억을 읽다 보니 신선문 선생님이 살아온 삶을 조금이나마 이해할 수 있었기에 내가 물러서기로 결정했다.

"아닙니다. 그리고 철모르는 후배에게 가르침을 주신다 생각하시고 앞으로 따끔한 지적 부탁드리겠습니다."

"허허, 내가 무얼 그리 대단하다고……."

조금 더 얘기를 나눈 후, 난 자리에서 일어났다.

"앞으로 간혹 찾아뵙겠습니다. 그냥 귀여운 손자라고 생각해 주시고 너그럽게 봐주십시오."

가타부타 말씀은 없었지만 침묵은 긍정이겠거니 생각했다.

들어올 때완 달리 나갈 땐 배웅을 해주시는 선생님과 사모님께 정중히 인사를 드리고 문을 나섰다.

◆　　◆　　◆

신선문 선생님을 만나고 난 후, 아예 며칠 동안 그동안 날 욕하던 선배들과 선배님들을 찾아다녔다.

전화상으로 거절하는 이들도 있었지만 몇 번이고 전화를 해 모두 만났고, 과거의 나에 대해 사과를 했다.

만난 이들 중 남자 배우들의 기억은 모두 읽으려 했지만 이튿날 다른 선생님의 기억을 읽다가 정말이지 머리가 터질지도 모른다는 고통을 느낀 후, 나머지 분들은 정신세계에 방을 만들고 다음 기회를 기약해야 했다.

터질 것 같은 기억 때문에 선도법과 선도술을 수련했지만 딱히 좋아지지 않았다.

결국 고민 끝에 기억을 내 것으로 소화시켜야 괜찮아진다는 걸 알 수가 있었다.

소화의 방법에는 두 가지.

간접경험으로 내 것을 만들어 버리는 것과 기억을 버려 버리는 것이었다.

"죽느냐 사느냐 그것이 문제로다. 가혹한 운명의 돌팔매와 화살을 참고 사는 것이 장한 일인가? 아니면 고통의 바다에 대항하여 무기를 들고 대항하다 죽는 것이 옳은 일인가?"(셰익스피어 햄릿 3막 1장 중.)

난 신선문 선생님이 연극 무대에서 했던 기억을 직접 경험하는 것처럼 연기를 하고 있다.

머릿속으로 한 번 경험한 후, 다시 내가 그 역할을 해봄으로서 연기에 도움이 될까 해서였다.

이제 곧 '좌포청'의 촬영이 들어가는데, 선배 연기자들의 연기를 본 뒤 지금까지 윤승호가 찍은 드라마를 보자 정말

이지 발 연기 그 자체였다.

난 연기 실력을 높이기로 작정을 하고 수련을 위한 시간을 제외하곤 노력 중이다.

"어때요?"

"우와! 정말 소름 돋는 연기였어. 최고!"

매니저 동수 형은 오버하며 칭찬한다.

하지만, 어딘가 모르게 어설프다.

"화 안 낼 테니까 솔직히 말해봐요. 형이 손님 입장에서 이런 연극을 돈 주고 볼 거예요? 안 볼 거예요?"

"난 돈이 있어도 연극은 안 본다."

"……"

이 인간이 정말 스무고개를 하자는 거야, 뭐야?

"연기는 정말 훌륭해. 과거에도 좋았지만 지금은 더 깊이가 있다고 할까?"

하긴, 고용주를 눈앞에 두고 욕할 만한 용기 있는 사원이 얼마나 되겠는가?

그냥 동수 형의 심사는 포기하기로 했다.

"참, 형. 이 카메라로 내가 연기하는 걸 찍어줘. 내가 직접 봐야겠어."

결국 다른 내 스스로 확인해 보기로 했다.

연기라는 것은 묘하게 매력적이었다.

지금 내가 윤승호로 살아가는 것도 하나의 연기라는 생각이 드니 더욱 몰두하게 된다.

동수 형이 퇴근을 하고 날 촬영한 영상을 TV에 연결해

본다.

"음, 저 부분에서는 좀 더 분노를 더 표출하는 게 나을 것 같아. 내가 어둠 속에서 지낼 때는 저보다 더 광기를 표출했었으니까……."

몇 번을 다시 돌려 본다.

그리고 카메라를 고정시키고 방금 부족했던 부분을 다시 연기해 본다.

얼마나 지났을까? 배고픔이 느껴져 시간을 보니 새벽 2시.

"하하하하!"

웃음이 나온다.

무언가에 이렇게 몰두해 본 적이 있었던가?

유체 이탈과 정신 이동은 미치지 않기 위한 유일한 탈출구였기에 집중할 수 있었다면 지금은 정말 즐거워 집중할 수 있었다.

그것이 연기자들의 기억을 얻어서인지는 모르지만 난 점점 이 일이 마음에 들기 시작했다.

연기 연습을 더하고 싶지만 이제 날 기다리는 육체로 가봐야 했다.

샤워를 마치고 침대에 누운 난 이지원의 정신세계의 방을 생각했다.

그리고 거기에 써 놓은 글을 생각했다.

—깨어나라!

지안이 지원의 몸을 차지할 것인지는 정해지지 않았기에

고민하다 결정한 글이었다.

생각과 동시에 내 영체는 빠르게 나아감을 느꼈다.

고요한 병실에서 눈을 떴다.

몸에 붙어 있는 생명 유지 장치를 떼고 몸을 일으켰다.

원래대로라면 몸에 붙은 생명 유지 장치를 떼는 순간 간호사들이 달려왔겠지만 이미 이 장치에 손을 봐뒀기에 그럴 염려는 없었다.

간단한 스트레칭과 약간의 선도법과 선도술을 행한다.

매일같이 운동을 하지만 이지원의 상태는 좋지 않았다.

물을 제외하고는 먹지를 못하는 몸이다 보니 아무리 운동을 해도 점점 말라간다.

지원의 몸으로 들어오면 엄청난 허기를 느낀다.

그럼에도 먹지 못하는 이유는 병원에서 알아차릴까 싶어서였다.

지원에게 점핑을 해 운동을 할 때마다 고민이 된다.

깨어나게 해서 집에 데려다 놓을까도 생각해 봤지만 마땅치 않았다.

내가 두 사람이 되어 생활할 수는 없는 일.

또한 보호자라고 해도 환자를 집에 혼자 두고 연예계 생활을 하게 되면 구설수에 오를 가능성이 많았다.

'후~'

병실에 들어오면 이래저래 고민이다.

자꾸 윤승호의 몸에서 더 오래 머물고 싶어지는 이유이기도 했다.

생명 유지 장치들을 이리저리 붙이고 눈을 감고 이지원의 정신세계로 들어갔다.

단출한 방에는 '깨어나라!'라는 글만 벽에 쓰여 있을 뿐이었다.

난 눈앞에 지안을 만들었다.

그리고 그 지안이 살아 있다는 생각을 해 본다.

의식을 아무리 집중해도 만들어진 지안은 조각상처럼 있을 뿐이었다.

내가 지금 하고 있는 일은 민수린에게서 얻은 아이디어로 실행해 보고 있는 것이다.

이중인격인 민수린과 민수란.

난 몇 번 그녀에게 점핑을 했고 그때마다 투명 막을 부수기 위해 노력했다.

하지만 영체에 상처를 입으면서까지 한 노력의 결과는 역시나 실패.

그러다 난 그녀의 의식세계에 있는 기억을 지워 버리는 것에 생각이 미쳤다.

그래서 의식세계를 열고 기억을 불러들인 다음 민수란의 기억이라고 생각되는 부분을 지웠다.

한데, 웃기게도 다시 기억을 불러들이면 그 부분이 그대로 복원이 되어 있었다.

이중인격이라 둘의 기억을 동시에 지워야 하는 건지는 몰라도 별수를 다 써봐도 기억은 복원되어 버렸다.

그때 이지원의 정신세계에 민수린과 민수란 같은 영체를

만들 수 없을까 생각해 봤고 그대로 행동에 옮기게 된 것이다.

하지만, 이러한 테스트로 내가 정신세계에서 신(神)이라는 생각을 버리게 되었다.

'으~ 머리 아파!'

난 만들어놨던 지안을 지웠다.

이제는 내 몸으로 돌아가 육체와의 연결을 시도할 차례였다.

역시 내 몸이 좋은 건가?

점핑을 하지 않고 당기는 힘에 몸을 맡긴다.

◆   ◆   ◆

촬영 시작 시간은 오전 아홉 시.

촬영 장소는 남양주에 있는 종합촬영소.

오전 6시에 이미 차에 몸을 실었다.

평소와 달리 차에는 이미 두 사람이 더 있었다.

코디네이터 송숙희와 메이크업 아티스트인 강연하였다.

"숙희 누나 하이~ 연하 하이~"

"어서 와, 승호야. 몸은 괜찮니?"

"오빠, 오랜만이에요. 바빠서 병원엔 못 갔어요."

숙희 누나와 연하는 꽤 유능한 이들이라 내가 활동을 하지 않을 땐 소속사의 다른 연예인들의 일도 했다.

"괜찮아. 한데, 효진이는?"

이효진은 나와 같이 다니던 헤어디자이너였다.

"효진이는 며칠 뒤에 있을 광고 촬영부터 다시 나올 거야."

"그럼, 그때 같이 밥이나 먹어요. 간만에 모이는 거잖아요."

"좋은 생각이네."

문을 닫고 들어가자 차는 서서히 출발하기 시작했다.

우리 차 뒤로 경호원들이 탄 차가 쫓아온다.

"참, 돈 잘 받았어, 승호야."

"맞다! 너무 고마웠어요, 오빠."

"됐어. 일한 만큼 준 건데요. 그동안 신경 쓰지 못해 오히려 미안해요."

뒤돌아보지 않았지만 이들의 표정은 안 봐도 안다.

분명 '얘가 미쳤어.' 라는 표정일 터.

숙희 누나와 연하도 소속사에서 주는 월급이 있지만 박봉이다.

그나마 숙희 누나가 경력과 실력이 있어 많이 받는 편에 속하지만 그래도 적은 편.

윤승호처럼 개념 없는 사람을 만나면 고생은 고생대로 하고 돈은 못 버는 경우가 허다하다.

"참, 형. 밥차는 어떻게 됐어?"

"아마, 도착해서 준비 중일 거야. 오전에 간단한 토스트와 우유, 커피를 주기로 했고, 점심때 밥을 준비하기로 했어."

"식당은?"

"촬영소에서 내려와 5분 정도 거리에 예약해 뒀다."

"고생했어요."

난 그동안 기다려 준 스태프들과 연기자들을 위해 간단한 준비를 했다.

지금까지 윤승호에 대한 편견이 바로 사라지지는 않겠지만 조금씩 노력하다 보면 언젠간 바뀔 것이라는 '계산도 깔려 있었다.

7시가 되기 전 도착했는데 이미 많은 이들로 북적이고 있었다.

"너무 일찍 도착했나 보다. 메이크업하기 전에 좀 자라."

"아냐. 누나하고 연하는 내가 입을 옷 받아서 차에 가 있어. 난 촬영장 한 바퀴 돌고 갈게."

해는 뜨지 않았지만 여명(黎明)으로 촬영장의 분위기가 잘 보였다.

촬영팀도 도착한 지 얼마 안 됐는지 준비하느라 여념이 없다.

"좋은 아침입니다!"

"……에, 예."

막 조명 기구를 나르던 이들은 내 얼굴을 확인하더니 황당한 표정을 짓는다.

난 그들에게 살짝 웃어 보이고 발을 옮겼다.

"좋은 아침입니다."

"좋은…… 아침."

"아, 안녕하세요."

다들 비슷한 반응이었다.

하지만 별로 신경 쓰지 않았다. 나에게도 익숙한 일은 아니지만 이들에게도 이런 일은 익숙하지 않은 일일 테니.

한쪽에서 부산스럽게 몸을 풀고 있는 YF액션스쿨 식구들이 보인다.

"전 감독님, 좋은 아침입니다. 종효 형, 상민 형, 석이, 창수, 모두 모두 하이~"

"일찍 나왔네?"

"그래 좋은 아침이다."

"형, 안녕하세요."

이들과는 친해져서 서로 웃는 얼굴로 인사를 나눈다.

"식사들은 했어요?"

"밥은 무슨, 일어나자마자 달려오느라 속이 다 쓰리다."

종효 형이 옷을 갈아입으며 투덜댄다.

"저기 밥차에 가서 토스트라도 먹어요."

"스태프용 밥차 아냐? 괜히 눈치 보인다."

"아니에요. 제가 준비한 거니까 마음껏 드세요."

"정말?"

"예. 스태프들하고 보조 연기자들에게 말해서 같이 드세요. 제 입으로 말하기 쑥스럽잖아요. 하하!"

"이미 말해놓곤……."

"헤헤! 소문 좀 잘 퍼트려 주세요. 전 저쪽으로 가봐야겠네요."

마침 승용차가 안으로 들어오는 게 보였다.

내부까지는 보이지 않지만 동료 연기자가 타고 있는 것으로 보인다.

　승용차 문을 열고 나오는 이는 조연 배우로 영화에서 감초 역할로 자주 나오는 조세영씨였다.

　"선배님, 좋은 아침입니다."

　"……응, 좋은 아침이다."

　"일찍 나오셨네요. 식사는 하셨어요?"

　"그래…… 그때 병원에 못 가봐서 미안하다."

　"별말씀을요. 그때 돈 모아서 보내주신 것 잘 받았습니다. 어머니가 고맙다고 전해주시라고 하시더라고요."

　"그거야, 뭐……."

　그에겐 익숙하지 않은 일인지 말끝이 흐려진다.

　하지만 난 계속해서 친근한 척 굴었다.

　그제야 그도 조금씩 말을 하기 시작한다.

　새까만 후배, 그것도 가수를 하다가 인기 때문에 영화를 찍는 건방졌던 나를 좋게 보고 있지는 않을 것이다.

　"그런데, 너 성격 좀 바뀐 거 같다."

　"형이 봐도 그렇죠? 죽다 살아났더니 내가 그동안 헛살았다는 걸 알겠더라고요. 하하!"

　난 자연스레 그를 형이라 불렀고 그도 신경 쓰는 얼굴은 아니었다.

　"뭐가 그리 즐겁냐?"

　"감독님, 나오셨어요?"

　"응. 차에서 잠깐 눈 좀 붙이고 있었다."

세형이 형과 난 조 감독에게 인사를 했고 그는 반갑게 인사를 받았다.

"참, 신선문 선생님이 스케줄 조정이 가능하실 것 같다고 연락 왔더라."

"그래요?"

"응, 고맙다."

"그 인사는 선생님께 하셔야죠. 하하하!"

됐다!

아무렇지도 않게 말했지만 내 노력이 통했다는 것에 기뻤다.

"그건 그렇고 밥차도 네가 준비했다며? 토스트 맛있다고 하는데 먹으러 가볼까?"

"그럴까요? 형도 가요."

"으, 응."

난 조세영의 손을 잡아끌며 밥차로 걸었다.

그리고 순간적인 눈부심에 잠깐 눈을 감고 떴다.

넓은 촬영장으로 태양이 서서히 떠오른다.

그 태양이 마치 나의 새로운 삶을 밝게 비춰준다는 느낌이다.

'그래! 난 현금이며 윤승호다!'

윤승호 가족들에 대한 미안함, 내 육체에 대한 미안함, 그리고 윤승호에 대한 미안함…….

이제 그러한 미안함을 버리기로 했다.

내가 할 일은 그냥 하루하루를 열심히 사는 것뿐이다.

그게 병원에 누워 있는 나이든 윤승호이든 어느 누구이든 말이다.

난 정신 이동자다.

3.
실마리를 찾다

"이얍!"

태양빛이 반사되며 번뜩이는 검이 목을 자르려는 듯 다가온다.

살짝 몸을 뒤로 빼며 검을 피한 후, 가장 폼이 나는 자세로 좌에서 우로 상대를 벤다.

"으아악!"

고통스러운 비명 소리를 지르며 억울한 표정으로 쓰러지는 종효 형 위로 석이의 발이 나타나며 내 가슴을 차듯이 민다.

과도한 동작으로 아픔을 표현한 후, 이어지는 석이의 뒤돌려차기를 머리를 숙여 피하며 그대로 몸을 튕겨 완전히 360도를 돌며 석이의 머리를 찍는다.

"컥!"

뭔가에 닿았다는 느낌이 들기도 전에 석이는 이미 바닥에 개구리처럼 뻗어 버린다.

"네놈들은 누구기에 감히 나랏일을 하는 나에게 칼을 들이대는 것이냐?"

눈앞에 남은 2명의 적에게 검을 뻗으며 분노한 표정을 지으며 외쳤다.

어느 영화나 드라마에서와 마찬가지로 적들은 잠시 주춤거리다 빠르게 사람들 속으로 사라진다.

"컷! 굿! 아주 좋아!"

조문경 감독은 흡족한 표정으로 엄지손가락을 올려 보인다.

"괜찮냐?"

"예, 형. 발차기가 더 날카로워졌네요? 넘어지는 타이밍 잡는데 힘들었어요."

난 석이의 손을 잡고 일으켜 세웠다.

"난 보이지도 않냐?"

"종효 형은 그냥 쓰러진 것뿐이잖아요."

"쳇! 이 표정 연기가 얼마나 어려운 줄 알아?"

투덜대며 일어난 종효 형은 옷에 묻은 먼지를 털며 일어난다.

"잠시 후 다음 컷으로 들어가겠습니다."

진짜 조감독의 목소리에 방금 전까지 북적이던 보조 연기자들은 급속히 골목에서 사라진다.

"괜찮았어요?"

"휘익~ 괜찮은 정도가 아니라 정말 멋진 그림이 나왔어."

난 내가 방금 한 촬영 장면을 살펴본다.

몇 개의 화면 중, 내 얼굴이 잡히며 약간 사선 방향에서 잡은 장면이 마음에 든다.

"이 장면 마음에 드네요."

"그렇지? 나도 이 장면이 마음에 들어. 슬로우로 이 장면을 사용하고 요기 장면을 섞어서 쓰면 좋을 것 같다."

난 그의 말에 고개를 끄덕였다.

이건 내가 관여할 문제도 아니었고, 화면을 어떻게 해야 멋있게 나오는지에 대해선 문외한이었으니까.

마지막에 내가 검을 치켜들며 외치는 장면도 꽤 만족스럽게 나왔다.

"근데, 언제 그렇게 실력이 좋아졌냐? 전 감독이 설명할 땐 과연 가능할까 싶었는데…… 가져온 장비가 무색해지네."

"알고 보니까. 제가 무술에 일가견이 있더라고요."

"크크크! 잘난 척 그만하고 좀 쉬어. 오늘 예상보다 더 빨리 촬영이 가능하겠다. 야! 조감독! 좀 서둘러라. 낼 찍을 것도 이참에 찍어 버리자."

"예!"

다음 촬영을 위해 준비하는 그들을 두고 난 내 자리에 와서 앉았다.

전기 난로가 바로 앞에 놓이고 담요를 덮어준다. 호사라
면 정말 호사다.

"오빠, 차 한 잔 줄까요?"

"응. 그리고 다른 분들도 좀 갖다드려."

"이미 한 바퀴 돌았어요."

난 내가 차를 마실 때 다른 이들도 신경을 썼다.

촬영장에서 놀고 있는 동수 형, 숙희 누나, 연하에게 선
배 연기자들에게도 차를 갖다주라고 해뒀다.

"액션스쿨 팀에도 갖다줬어?"

"네네, 누구의 분부라고요. 요즘 사람들이 뭐라고 부르는
줄 알아요?"

"뭐라고?"

"HK다방 미스 강이라고 부른다고요."

"하하하!"

연하의 볼멘소리에 결국 웃음이 터진다.

"훗! 넌 그래도 미스 강이지. 난 마담이야, 마담."

숙희 누나는 이미 포기하고 약간 즐기고 있는 표정이다.

난 조용히 눈을 감고 다음 있을 촬영에 대해 생각해 본다.

대본은 이미 외웠고 혼자 카메라로 촬영하면서 연습도 했
었다.

하지만 직접 연기자들과 호흡을 맞추며 하는 건 또 달랐
다.

마치 살아 있는 물고기를 잡는 것과 비슷했다.

난 어느새 연기에 푹 빠졌다.

인생은 한바탕 연극이라고 누군가가 말했다.

이보다 더 정확하게 표현한 말이 없다고 할 정도로 난 연극처럼 인생을 살고 있다.

그리고 내가 점핑을 하는 한 그 연극은 끝나지 않을 것이다.

사람들에게서 읽은 기억들이 요즘 나에게 녹아듦을 느낀다.

조금 전 촬영에서 내가 연기한 것은 신선문 선생님의 연극 시절 이순신 장군 역할에서 보여준 모습과 나상열이란 깡패가 싸울 때 자신감을 나타내기 위해 '배 째!'라고 외치던 모습이 녹아든 결과였다.

기억을 관리하는 법도 꽤 좋아졌는데 신선문 선생님의 기억은 20살 때 연기를 시작했을 때부터 서른다섯까지 연기만 나의 것으로 취하고 나머지는 훑어보는 것으로 끝을 맺었다.

필요한 것은 취하고 필요없는 부분은 '아, 이런 삶도 있구나.' 하고 넘어간 것이다.

그렇지 않고 모든 기억을 취하려면 내 평생을 다해도 힘들 것이라는 생각이 들어서였다.

세계는 넓고 점핑할 상대는 많다.

어느 망한 기업가의 말이지만 꽤 명언에 속하지 않는가.

"승호야, 전화 왔다."

"누구?"

"성수철."

누군저 안다.

윤승호의 기억에 가족보다 많이 등장하는 인물.

아이돌그룹 가수였지만 특별히 빛을 보지 못하고 예능 프로그램의 손님으로 나오며 밤무대로 돈을 버는 그였다.

딱히 가까운 이는 아니었고 그냥 술 상대였다.

성수철과 일행은 윤승호의 비위를 맞춰줬고 윤승호는 우쭐해져 술값을 내준 사이라 할까?

그런데 그 술값이 적게는 수십만 원에서 많게는 이천만 원이 넘는다는 게 문제지만 말이다.

그나저나 전화번호도 바꿨는데 어떻게 알고 전화를 한 거지?

"촬영 중이라고 해."

"그, 그게 꼭 할 말이 있다고 해서⋯⋯."

난 잠깐 동수 형을 노려보고 전화기를 뺏어 말했다.

"응, 나."

―Yo! 친구 살아 있었나?

'친구는 개뿔. 뒤졌다, 이 새꺄!' 라는 말이 나올 뻔했다.

윤승호가 혼수상태에 빠졌을 때 많은 이들이 찾아왔었다.

그 많은 이들 중 술이 떡이 되도록 사줬던 놈들은 단 한 명도 오지 않았다.

"왜? 촬영 중이야."

―Oh~ man! 왜 그래? 병원에 안 가서 삐쳤냐? 쿨가이 윤승호가 많이 약해졌는데?

짜증이다. 제발 앞에 붙는 이상한 말 좀 안 했으면 좋겠다는 생각이 절실하다.

그리고 이놈들은 내가 죽어도 TV카메라가 있어야 얼굴 비추러 올 놈들이다.

"용건 없으면 끊어."

—Wait! wait! 이러지 말라고 친구. 우리가 네 퇴원 파티를 준비했어. 오늘밤 강남 KK클럽에서 말이지.

싫다고 말하고 끊으려다가 이들이 도대체 어떤 생각을 가지고 있는지 점핑을 해 보는 것도 나쁘지 않다는 생각이 들었다.

"오늘은 안 돼. 며칠 뒤에 내가 연락할 게."

—Ok! Man! 촬영 잘하고 대박나라고.

끝끝내 영어질이다.

"다음부터 이런 전화는 나에게 전해주지 마."

"알았어."

신경질적으로 전화를 끊고 동수 형에게 다시 전화기를 건넸다.

"자, 5분 뒤 다음 씬 가겠습니다."

조감독이 외치는 소리에 숙희 누나와 연하의 손이 바빠진다.

난 다시 눈을 감고 이번 씬을 되뇐다.

신선문 선생님이 맡은 한명회 대감의 명을 받고 나온 난 수상한 인물을 발견하고 그 뒤를 쫓다가 함정에 빠진다.

12명의 인물들에게 또다시 습격을 받게 되고 이곳에서 칼에 찔리게 된다.

쓰러져 있는 날 구하는 여주인공.

이 영화에서 러브스토리는 거의 없다.

그래서 여주인공을 맡은 아가씨는 신인이었다.

윤승호는 그 아가씨에게도 집적대기도 했었다.

하지만, 이번 씬은 칼에 찔려 쓰러지는 곳까지가 끝이었다.

민수란은 분명 나에게 칼을 조심하라고 경고했었다.

그리고 이 영화에서 내가 칼에 찔리는 장면은 이곳이 유일했다.

난 눈을 뜨고 일어나 촬영장으로 향했다.

초가집과 초가집 사이의 좁은 공터에서의 촬영이었는데 이미 촬영 팀은 준비를 마친 상태였고 YF 식구들이 연습 중이었다.

"종효 형, 이번에 누가 날 찌르는 거예요?"

"석이가 찌를 거야."

"석아, 네 검 좀 줘봐."

"왜요?"

"별거 아냐. 요즘 꿈자리가 뒤숭숭해서."

"크~ 제가 테스트해 봤어요."

그렇게 말하면서도 검을 나에게 넘긴다.

일반 검보다 약간 두꺼웠고 검끝은 날카롭지 않았다. 하지만 강력하게 찔리면 정말 위험한 물건이 될 수 있어 보인다.

"조심해요, 형. 피 나와요."

손끝으로 살짝 밀자. 붉은색 물감이 찌익 하고 나온다. 다시 한 번 눌러봤지만 딱히 위험해 보이지 않는다.

"자, 너 이거 놓고 화장실도 가지 마라."

난 혹시 검이 바뀔까 싶어 석이에게 단단히 주의를 주었다.

아니면 그냥 조심했다고 생각하면 되지만 잘못하면 이쪽 목숨이 오락가락할 수 있는 상황이니 조심해야 했다.

그나저나 민수란 일을 어떻게든 해결해야 하는데 문제다.

"자, 이미 연습은 충분히 했겠지만 다시 한 번 간단히 손발을 맞춰본 후 촬영 시작하겠습니다. 마지막 장면은 일단 동작만 취하도록 할게요."

"예!"

YF액션스쿨 사람들은 큰소리로 대답한 후, 날 둘러싸고 공격 준비를 한다.

이 영화의 백미라고 할 수 있는 이번 장면을 위해 무던히도 합(合)을 맞춰야 했다.

그리고 내 실력이 뛰어남을 알고 전영필 무술감독은 더 다이내믹한 동작들을 삽입했다.

그의 욕심이 가득 담긴 합(合)이 시작되었다.

조문경 감독은 이번 씬을 한번에 담고자 많은 카메라를 곳곳에 배치를 했다.

우리가 움직이는 공간을 제외하곤 모두 카메라라고 보아야 했다.

그냥 손발만 맞춰보는 것이었기에 실제 촬영 때와 달리

바닥에 뒹구는 이들은 없었다.

내가 민수란 때문에 조심은 하고 있지만 실제로 위험한 이들은 이 좁은 골목에서 넘어지고 쓰러지는 YF액션스쿨 식구들이었다.

"좋습니다. 단번에 끝내 버립시다!"

이런 촬영 같은 경우는 단번에 끝나는 경우가 없다.

많게는 수십 번 찍어 편집해 사용하는 경우도 있었다.

"진짜 단번에 끝내 버리죠. 하하!"

난 긴장을 풀기 위해 말했다.

"좋은 생각! 단번에 끝나면 내가 삼겹살 산다."

조문경 감독까지 말을 더한다.

촬영은 시작되었다.

난 골목으로 수상한 이를 쫓아왔지만 몰려드는 사람을 보고 함정에 빠졌음을 알게 된다.

"함정이었나?"

"크크크! 똑똑한 종사관 나리께서 이제야 사실을 알아차리셨군. 근데, 이곳이 당신이 마지막으로 보는 장면이라는 걸 아시는지 모르겠군. 켈켈켈!"

"클클클클!"

"케케케케!"

아까 죽었던 종효 형은 전혀 다른 복장으로 분장 후 제법 비열하게 웃으며 연기를 한다.

"감히, 날 능멸하려 하다니. 내 진정 나의 무서움을 보여주지. 오랏!"

약간 긴장한 표정으로 말을 시작하다 마지막 순간에는 눈앞의 적들을 용서할 수 없다는 단호한 표정을 짓고 외친다.

아직까지 조 감독이 중단시키지 않은 걸 보면 지금까지의 연기는 괜찮았다는 것.

본격적으로 싸움이 시작되었다.

정말 조심해야 하는 합(合)이었다.

정말 일순간에 다칠 수 있는 다양한 장면들이 담겨 있었다.

먼저 3명이 검을 휘둘러 온다.

화면에 화려하게 보이게 하려면 일단 동작이 커야 한다.

그리고 옷이 꽉 조이기보다는 펄럭거리는 옷이 좋았다.

화려한 동작으로 3개의 검을 쳐내며 공격에 들어간다.

왼쪽의 상대를 검으로 후려치면서 발을 뻗어 아래로 오는 검을 피하고 그 발로 적을 찬다.

정말이지 영화이기에 가능한 동작들.

검에 베인 자들은 신음을 흘리며 한쪽으로 굴러 피했고, 손발에 맞은 이들은 잠시 쓰러졌다 다시 일어나 다음 동작을 행한다.

"이합!"

나의 360도 회전차기를 피하는 상대에게 다시 360도 가로 회전차기를 날린다.

나의 발차기에 스스로 몸을 튕겨 뒤로 날아가 흙벽을 무너뜨리며 쓰러진다.

"죽어!"

그런 나에게 뒤에서 칼이 날아왔고 난 살짝 뒤로 물러섰다.

고난위도 동작인 540도 회전차기를 날린다.

"퀵!"

앞으로 쓰러진 그를 두고 다시 4명이 휘두르는 검을 요리조리 피한다.

하나둘씩 쓰러지던 적들은 결국 4명밖에 남지 않았다.

이제 마지막이다.

이들 중 둘을 쓰러뜨리고 나면 쓰러져 있던 석이가 일어나 날 검으로 찌르면 끝이 난다.

난 4명에게 달려들었다.

진정 그들과 싸우고 있다는 생각이 머리를 지배한다.

내 돌려차기에 맞은 흙벽이 산산이 부서지면 또 다른 장면을 연출한다.

"으악!"

"퀵!"

내 검과 목이 잘린 두 명이 목을 감싼 채 피를 쏟아내며 쓰러진다.

"진정 이래도 계속하겠느냐! 당장 배후를 밝혀라!"

실제라면 당장 죽여 버렸을 두 명을 향해 난 대사를 뱉는다.

이때, 등줄을 타고 짜릿한 느낌이 일어난다.

'뭔가 잘못되었다.'

하지만, 이미 씬이 마지막으로 향해가고 있는 시점.

석이가 고함을 지른다.

이제 마지막 찌르기가 들어온다는 신호.

"이야야얍!"

난 다급한 표정을 지으며 돌아선다.

그 순간에도 내 머릿속에는 위험을 알리는 무언가가 나에게 경종을 울리고 있었다.

'저 검!'

석이가 들고 있는 검은 정확히 내 배로 다가온다.

잘 작동되던 저 검이 무엇이 문제인지는 몰랐다. 하지만 저 검에 찔려서 안 된다는 느낌은 확실했다.

살짝 허리를 비틀며 배로 오는 검을 옆구리 쪽으로 돌린다.

파악!

역시나 검은 제대로 작동하지 않았다. 스쳤음에도 뱃속에 넣어뒀던 물감주머니가 터져 나온다.

이대로 촬영을 중단하고 검을 손보고 다시 찍으면 된다.

하지만 욕심이 생겼다.

난 마치 배에 찔린 듯 두 손을 아래로 내리며 지나가려는 검을 오른팔로 꽉 붙들었다.

"크크크! 종사관 나리. 잘 가시오!"

석이는 내 배에서 튄 물감에 마치 피를 뒤집어쓴 얼굴을 한 채 잔혹한 표정을 짓는다.

그는 뭔가 이상하다는 것을 느끼지 못했나 보다.

더욱 힘을 주며 칼을 쑤셔 넣는다.

내 팔과 옆구리에 끼어 있던 검은 서서히 내 배를 관통한 것처럼 등 뒤로 삐죽 나간다.

"큭! 네……놈……들…… 컥!"

입안에 있던 물감 주머니를 물고 침과 함께 자연스럽게 피를 토하듯이 뱉는다.

털썩!

난 검을 꽂은 채 바닥에 무릎을 꿇었다.

그리고 얼굴에 '이들에게 당하다니' 라는 분노의 표정과 허망한 표정을 짓는다.

"한 놈을 없애기 위해 이렇게 많은 피해를 보다니…… 네 놈의 목을 베어……."

삐이익! 삐익!

"포, 포졸들입니다! 어서 피해야 합니다!"

"저놈의 목을……."

"상처가 깊어 살아나기 힘들 것입니다. 어서 피하십시오."

그들은 그들의 연기를, 난 나만의 연기에 빠져 있었다.

더 이상 버틸 힘이 없었다. 서서히 고개가 앞으로 떨어져 내린다.

"컷! 좋아!"

짝짝짝짝!!

감독의 '컷' 소리와 함께 주변의 스태프들이 박수를 친다.

"멋져! 멋져! 최고였어."

내가 일어나자 조문경 감독이 다가와 어깨 두드리며 외친다.

"뭐 이상한 거 없어요?"

"이상하긴 뭐가 이상해? 좋았어! 일단 몇 컷은 따로 찍어야겠지만 통째로 써도 될 정도로 소름 끼쳤어."

내가 물어보는 것을 제대로 이해를 못했나 보다.

"없으면 됐어요."

나도 밝힐 생각은 없었다.

범인이 누구인지 알지만 증거라고는 고작 이 낡은 소품이 다였으니까.

대신 정신세계에 있는 막이 사라지는 날 수란을 실컷 두들겨 줄 생각이다.

"자, 그럼 검에 찔린 장면은 다시…… 가만! 이상한데?"

조문경 감독은 그제야 깨달았나 보다.

검에 찔리는 장면은 끊어서 갈 수밖에 없다.

안으로 밀려들어 가는 검을 찌르는 장면과 뒤로 검이 삐쭉 튀어나오는 장면 두 개로 말이다.

난 검을 만져 본다.

천천히 밀면 안으로 들어가지만 빠른 속도로 밀면 검은 안으로 들어가지 않고 무기가 되어 버린다.

마치 자동차의 안전벨트와 같은 원리로 만든 검이었다.

"승호야, 이거 어떻게 된 거야?"

촬영 장면을 확인한 조 감독은 달려오며 묻는다.

"이 검이 고장인가 봐요."

흙벽에 천천히 검을 밀어 넣으려 하자 안으로 쏙 들어가는 칼이, 빠르게 찌르자 흙벽을 뚫어 버리는 모습을 보여주었다.

"이, 이게……."

"고장인가 보죠. 앞으로 소품 담당자에게 말 좀 잘해주세요. 다시 죽기는 싫거든요."

"이 망할 자식! 야! 조감독, 소품 담당자 어디 갔어?"

얼굴이 일그러진 조문경 감독은 소품 담당자를 찾으며 사라진다.

난 검을 만지작거리며 내 자리가 있는 곳으로 발걸음을 옮겼다.

찌익!

누를 때마다 붉은 피가 중간에서 조금씩 나오는 재미에 몇 번이고 반복해 본다.

앞으로 좀 긴장을 해야겠다. 성격은 어린애와 비슷한데 의외로 민수란의 머리는 잘 돌아가는 모양이다.

그게 아니라면 심부름 센터에 머리 좋은 누군가가 있거나.

"오빠, 뭐해요?"

"으, 응. 아무것도 그냥 신기해서."

찌익! 찌익!

가만히 날 바라보던 연하는 갑자기 얼굴이 붉어지면서 고개를 숙인다.

"왜?"

"저질……."

"응?"

"오빠! 저질이라고요."

이상한 소리를 하며 뒤돌아 가 버리는 연하.

뭐가 저질이라는…….

난 검의 중간을 쥐고 위 아래로 흔들고 있는 날 발견했다.

이건 마치 남자가 혼자서…….

"여, 연하. 오해야!"

난 검을 바닥에 던져 버리고 외쳤지만 연하는 이미 없었다.

다만, 동수 형은 모른 체하고 있었고 숙희 누나는 묘한 표정으로 날 쳐다보고 있었다.

그건 마치 성희롱으로 고소할지 말지 고민을 하는 표정이었다.

◆　◆　◆

영화 촬영과 의류 화보 촬영을 마친 후 집으로 돌아온 난 바로 민수린에게로 점핑했다.

침대에 누워 책을 읽고 있었는지 옷차림이 훌륭하다.

잠깐 시선을 아래로 향하고 있다가 정신세계로 들어갔다.

—세상의 반은 남자.

—윤승호는 별거 아니다.

추가해 놓은 몇 개의 글들이 눈에 띄었지만 신경 쓰지 않고 문을 열고 이중인격 중 한 명이 갇혀 있는 곳으로 향했다.

내가 나타날 걸 알았다는 듯이 시건방진 표정으로 날 보고 있는 민수란.

'흥, 잡귀(雜鬼)가 또 무슨 일이야?'

말하는 싸가지 하곤.

'잠깐 머무는 나그네 영혼이라고 했잖아!'

'그거나, 그거나.'

'내가 너랑 무슨 말을 하냐.'

하여간 민수란과 얘기를 하다 보면 은근 스트레스 받는다.

마치 애들과 얘기하다 열받는 어른처럼 말이다.

'잡귀. 또 이 막을 없애러 왔어?'

'겸사겸사.'

'지랄발광 말고 그냥 가. 오늘은 조용히 있고 싶으니까.'

'그건 내가 알아서 할 테니 신경 꺼.'

민수란과 얘기하다 보면 나도 말투가 이상해진다.

수준이 낮아진다 할까

'그건 그렇고 오늘 윤승호에게 멋진 선물을 준비했던데.'

'쳇! 성공할 뻔했는데 아깝단 말이야.'

머리에서 이성의 끈이 '뿌득' 하며 끊어지는 소리가 들리는 듯하다.

하지만 애들과 싸울 수는 없는 일.

오늘은 대화를 나누기 위해 왔다.

'한 가지 물어보자.'

'뭔데?'

'넌 정말 윤승호가 죽기를 바라는 거야? 그걸 바란다면 들어줄 수 없지만 혹 다른 걸 바란다면 들어줄 용의가 있어.'

'잡귀 주제에 그게 가능하겠어?'

'이게 꼭! 말하기 싫으면 관둬.'

난 대화를 포기하려 했다. 더 이상 구차해지기는 싫었다.

'삐치기는……. 좋아. 녀석의 거시기를 자르면 용서하지.'

독한 계집애다.

남자의 상징은 목숨보다 소중하다는 걸 모르는 모양이다.

'됐거든. 그냥 막이나 몇 번 치고 가야겠다.'

'그러시던지.'

난 짜증스럽게 막을 쳤다.

하지만 언제나처럼 멀쩡하다.

도대체 이 막의 정체는 뭘까?

정신세계에서 난 이와 비슷한 막을 만들 수도 있고 없앨 수도 있다.

하지만 민수란과 민수린이 들어가 있는 막은 없앨 수는 없다.

'포기했냐?'

'말시키지 마! 생각하는 중이니까.'

'잡귀 주제에 별짓을 다하는군.'

'한 가지만 더 물어보자. 왜 그렇게 윤승호에게 집착하는 거지? 너도 수린과 윤승호 사이를 알았잖아? 둘은 쿨하게

헤어진 관계라고.'

'알아. 하지만 난 쿨하지 못해.'

올 때마다 얘기해 보지만 말이 안 통한다.

그냥 증거를 확보해 정신병원에 처넣고 싶은 마음이다.

물론 희망 사항이다.

민수린의 집안은 우리나라 상위 0.1% 안에 드는 집안이다.

아예 막 가자는 심정으로 한강에 가서 몸을 던져 버릴 수도 있었다.

하지만 난 그 정도로 나쁜 놈은 아니었다.

'혹시 이 막에 대해서 좀 알아?'

'흥! 알아도 안 가르쳐 줘.'

모른다는 소리다. 저럴 때 보면 귀여운 구석도 있다.

수린의 경우 저 막 안에서 15년간 갇혀 있었다.

그 이후로 조금씩 민수린과 교대로 바깥 생활을 하게 되었다.

수린의 눈으로 밖을 볼 수 있었다고는 하지만 15년간 지옥을 경험했을 것이다.

어쩌면 저 막을 가장 깨뜨리고 싶은 사람은 수린일 것이다.

'그런 눈으로 바라보지 마!'

'미안.'

내가 어떤 표정을 지었는지 알 것 같았다.

난 솔직히 내 잘못을 인정했다.

누군가가 날 안쓰럽게 본다면 나도 똑같이 말했을 것이다.

그나저나 이 막은 무얼까?

마치 철학자라도 된 듯이 사색에 빠져 보지만 가물거릴 뿐 떠오르는 것이 없다.

'이 막……'

수란이 무슨 말을 하려 한다. 이때 관심을 보이면 분명 마음이 바뀔 것이다.

그래서 모른 척 귀만 열어둔다.

'내가 어렸을 땐 없었어. 그러다 내가 처음 수린에게 말을 건 날부터 조금씩 생기기 시작했어.'

'……!'

그 순간 머릿속을 번뜩 지나가는 생각.

'혹시 처음 수린에게 말을 걸었을 때 수린의 반응은 어땠어?'

'그 순간이 아직 기억이 나. 수린은…… 날 부정했어.'

쓸쓸한 표정으로 수란은 말한다.

그런 수란이 안쓰럽긴 했지만 지금은 그것보다 막의 정체를 밝혀냈다는 것이 더 기뻤다.

수린이 수란을 거부하기 위해 만든 막이라면 해결점이 보이는 것 같았다.

'수란아 다음에 보자.'

'꺼져! 다음엔 나타나지 마.'

'……'

하여간 말하는 싸가지는 최고다.

잠시 수란을 안쓰러워한 내가 바보다.

난 점핑을 하지 않고 방으로 들어왔다.

그리고 그녀의 정신세계의 방을 더욱 확장시켰다.

그리고 하나의 문장을 그 방 전체에 빼곡히 채워 넣었다.

—수린과 수란은 하나다.

내 예상이 맞다면 분명 이 글은 수린과 수란에게 영향을 미치게 될 것이고 막은 약해질 것이다.

그때, 난 그 막을 부술 것이다.

문제가 해결될 것 같은 생각 때문인지 기쁜 마음으로 이 지원에게로 원거리 점핑을 한다.

4.
과거를 털어내다

"후후~ 흡! 후후~ 흡!"

차영호는 의자에 앉아 눈앞에서 선도술을 펼치는 막내 사제를 바라보고 있다.

어릴 때부터 직접 가르쳐 왔던 터라 사제라기 보다는 제자에 가까웠기에 그의 눈은 부드러웠다.

"후우~~~"

"이제 선도술 2단계에 들어가도 되겠다."

"정말입니까, 사형?"

"후후! 그래."

아주 10살 때 자신의 사부의 손을 잡고 왔던 꼬맹이가 어느새 자신만큼 훌쩍 컸는데 행동은 여전히 그때와 다를 바 없어 보였기에 차영호는 웃음이 났다.

"야호!"

"그렇게 좋으냐?"

"물론입니다. 이제야 저도 다른 사형들처럼 밖으로 나갈 수 있다는 것 아닙니까?"

"나가려면 아직 멀었다, 요놈아! 아직 성년도 되지 않은 주제에."

"무슨 말씀을. 저도 내년이면 당당히 성년입니다."

당당하게 가슴을 두드리며 자신이 컸다는 걸 표현하는 유담현이다.

차영호와 유담현이 몸담고 있는 선도무관은 선도술 1단계를 마스터해야만 외부 활동을 할 수가 있었다.

그랬기에 유담현은 밖에 나가고 싶다는 생각 하나만으로 정말 하루도 쉬지 않고 노력한 끝에 선도술 1단계를 마스터했기에 기쁨이 남달랐다.

"선도술 2단계부터는 더욱 많은 기가 필요할 것이다. 그러니 선도법을 게을리 해서는 안 될 것이다."

"예, 사형. 아침, 저녁으로 선도법을 2시간씩 하고 있습니다."

"앞으로는 3시간씩 하려무나. 선도술 2단계부터는 아무래도 기(氣)의 양이 더욱 많이 필요할 테니까."

"알겠습니다."

"또한, 호흡법과 27식을 잊어도 될 만큼 숙달하도록 해라. 그렇지 않으면 2단계는 깨기 힘들 게다."

차영호는 자신이 수련하며 얻은 노하우를 아낌없이 사제

에게 가르쳐 주었다.

똘망똘망한 눈으로 자신을 바라보는 유담현에게 하나라도
더 가르쳐 주고픈 생각이 들어서였다.

"참, 사형. 정신 이동자가 나타났다면서요?"

"그 소리는 어디에서 들었느냐?"

"다른 사형들이 하는 얘기를 들었습니다."

"넌 그 일에 신경 쓰지 말고 수련에 집중해라."

"헤헤. 모든 사형들이 정신 이동자에 대해 말을 하니 그
냥 궁금해서 물었을 뿐입니다."

하긴, 차영호도 처음 정신 이동자에 대해 들었을 때 그들
에 대해 무척이나 궁금했었다.

"그런데, 사형. 왜 정신 이동자들을 잡으려고 하는 거죠?
전 아직까지 그들이 왜 위험한지 모르겠어요."

유담현은 결국 참지 못하고 다시 정신 이동자에 대해 물
었다.

"나도 과거에 사부님께 그런 말을 물어봤었지."

"그래서요?"

급관심을 보이는 사제의 모습에 결국 차영호는 피식 웃고
는 그에게 자리에 앉으라 했다.

마치 옛 이야기를 듣는 아이처럼 자신을 바라보는 유담현
을 향해 차영호는 입을 열었다.

"너도 정신 이동자들이 남의 기억을 읽는 걸 알고 있지?"

"예."

"그럼, 많은 사람들의 기억을 읽게 되면 어떻게 될까?"

"음, 글쎄요?"

"나도 사부님께 들어서 정말인지는 모르겠지만 그들은 기억을 훔치면 훔칠수록 정의롭게 바뀐다는구나."

"예? 정의롭게 바뀐다고요? 그럼, 그들을 오히려 보호해야 하는 거 아닌가요?"

"계속 정의롭다면 그렇겠지. 너도 그들이 행한 일을 들었을 것이다. 돈 많은 사람들의 돈을 사회에 기부해 버리고, 돈을 훔쳐 가난한 이들에게 나눠줘 버리지."

"맞아요. 저도 그게 궁금했어요. 그런 그들은 의적 홍길동이 아닌가요?"

"하하! 나도 똑같은 생각이었다."

막내 사제가 자신이 했던 질문과 똑같이 말하는 것을 보니 정신 이동자에 대한 궁금증은 누구나 비슷하다는 걸 알수 있었다.

"그런데, 사부님께서 그러시더구나. 더 많은 기억을 훔치게 되면 어떻게 될까 하고 말이지. 너 생각은 어떠냐?"

"더 많은 기억이라? 너무 많으면 머리가 버텨낼 수 있을까요? 얼마 전 TV에서 보니 인간은 슬픈 일과 나쁜 일은 잊게 만드는 기능이 있다더군요. 그러면서 과거의 기억을 잃는 능력이 있기에 인간이 살아갈 수 있다는 말도 하더라고요. 정신 이동자들이 많은 기억을 읽게 되면 결국 미치지 않을까요?"

"맞다. 사부님도 너와 같은 말씀을 하셨다."

"그래요? 정말 미치는 건가요?"

유담현은 자신의 짐작이 맞았다는데 오히려 놀랐다.

"그래, 지금까지 정신 이동자들의 결말은 하나같이 미쳐서 날뛰었다는구나."

"미치지만 않으면 정말 좋겠네요. 사람들을 위해서는 그게 좋을 수도 있잖아요."

"……"

차영호는 잠시 유담현을 바라본다.

자신도 한때 저렇게 생각을 가지고 있어서 많은 방황을 해야 했었다.

하지만 선도무관은 암천회와 암천회주를 보호하기 위해 만들어진 곳이었다.

"사형, 전 괜찮아요. 그런 생각이 들었다고 해도 제가 할 일은 잘 알고 있어요. 정신 이동자 박멸(撲滅). 하하하하!"

'신세대라 다른 건가?'

차영호는 별로 고민하지 않는 막내 사제를 보며 다행이라고 생각하는 한편, 묘한 기분이 들었다.

◆　　◆　　◆

간만에 일찍 끝난 촬영.

하지만 집에 돌아오자마자 샤워를 하고 훌훌 벗은 몸으로 나와 드레스 룸으로 향했다.

처음 드레스 룸을 봤을 때 얼마나 놀랐는지 모른다.

하지만 윤승호의 기억을 더듬어 가격을 알아보고는 욕이

나왔다.

고급형 아파트 2채 가격이 훌쩍 넘는 옷과 액세서리들이 이 방에 있었기 때문이다.

전면에 보이는 전신거울에 내 벗은 몸을 감상해 본다.

헬스를 해 키웠던 근육은 병원생활 중 사라져 버렸고, 선도법과 선도술을 하며 키운 근육들이 무척이나 보기가 좋았다.

어린 시절 보던 이소룡의 근육과 흡사했다.

"미친!"

잠시 이런저런 동작을 취하며 내 자신의 몸을 감상하다 병실에 누워 있는 시체 같은 내 몸을 생각하곤 스스로를 책망한다.

윤승호의 기억을 더듬어 옷장에 걸린 옷을 입고 액세서리를 찬 후 다시 거울을 본다.

'참. 그놈 잘생겼다.'

같은 남자가 봐도 윤승호는 정말이지 잘난 놈이었다.

생각지도 못했던 낯선 모습을 보는 것 같아 처음에는 거울 보는 게 어색했다.

하지만 지금은 그냥 그러려니 한다.

헤어 젤을 발라 머리를 매만진 후 문을 나섰다.

동수 형이 내 차를 타고 손을 흔든다.

"어디로 갈까?"

"강남 KK클럽요."

"헤어숍에는 안 가고?"

예전의 윤승호였다면 들렀겠지만 난 예전의 윤승호가 아니었다.

"됐어요. 왜? 보기 안 좋아요?"

난 백미러에 내 머리를 비춰본다.

"아니, 약간 제비스러운 것 빼고는 괜찮다."

쩝! 칭찬이야 비꼼이야?

"참, 형. 오늘 일은 사장님한테 알리지 마."

"내, 내가 무슨…… 난 항상 네 사생활을 존중한다고."

차라리 귀신을 속여라.

이미 기억까지 홀라당 읽힌 사람이 무슨 말도 안 되는 소리를.

"과연 그럴까요?"

백미러로 눈이 마주치자 금세 눈을 돌리는 그다.

집과 멀지 않은 곳이니 금방 도착했다.

"형, 저녁 맛난 거 드시면서 기다리세요. 오래 걸리지는 않을 거예요."

난 그에게 카드와 일정 금액을 맡겼다.

내가 월급을 준다고 해도 떼돈 버는 것도 아니고 커피 살 때마다 돈을 주기도 뭐해서 한 일이었다.

선글라스를 끼고 차에서 내렸고 입구로 들어갔다.

"아이고, 형님. 이게 얼마만입니까? 몸은 다 나으셨어요? 어디 아픈 곳은 없으시고요?"

누가 보면 친형이 온 줄 알겠다.

'대성'이라는 명찰을 단 웨이터는 동작까지 요란스럽게

움직이며 다가온다.

"누구 와 있어?"

"수철이 형님하고 정수 형님이 와 계세요. 이쪽으로 오세요."

대성을 따라간 곳은 자주 놀던 VIP룸이었다.

"그럼, 즐겁게 노십시오. 형님."

"응."

뭔가를 바라고 초롱초롱한 눈빛으로 날 보는 대성을 무시하고 안으로 들어갔다.

"Yo~ Man! 어서 와."

이미 술판이 시작되었는지 술을 먹던 수철과 정수는 손을 요상하게 흔든다.

퇴원 기념 파티라더니 룸은 꾸며놓은 것 하나 없이 예전과 똑같았다.

뭘 바라고 있지는 않았지만 은근히 열이 받는다.

"상호는?"

"자식이 니 퇴원 기념 파틴데 좀 늦는단다."

"개야 항상 늦잖아. 키키키!"

"자, 일단 한잔 받아라. 내가 잘 말아났다."

난 성수철이 건네는 폭탄주를 받았다.

한 명만 있었으면 바로 점핑을 했을 텐데 두 명이라 분위기를 살펴야 했다.

"자! 윤승호의 퇴원을 축하하며, 건배!"

"축하하며, 건배!"

"건배."

폭탄주 한 잔을 쭉 들이켰다.

약간의 쓴맛이 있었지만 나름 술술 넘어간다.

고등학교 때 친구들과 없는 돈 모아 아주 싼 국내산 양주를 마셔본 이후로 처음 먹어보는 양주였다.

가격 차가 무려 수십 배는 차이가 날 텐데 맛을 그때와 다를 바가 없었다.

"윤승호, 죽지 않았구나? 좋아. 오늘 죽도록 달려보자."

"적당히 마셔야지. 내일도 촬영 있어."

"오마이갓! 오마이갓! 정수야, 방금 승호 하는 얘기 들었냐?"

"알았다, 짜샤! 내가 밖에 나가서 예쁜 언니들 데리고 올게."

"웁스! 승호야, 그런 말이었냐? 하하하! 미안하다. 정수야, 알지?"

"물론이지!"

잘들 논다. 만일 이들이 윤승호가 병원에 입원했을 때 꽃이라도 사들고 왔다면 정말 즐겁게 하루 놀 수도 있었다.

하지만, 얘네들은 술값 내줄 사람이 필요한 것뿐이지 결코 친구로 생각하지 않고 있었다.

그렇다고 이미 사라진 윤승호를 욕할 마음은 없었다.

일찍이 연예계에 뛰어들면서 그에게도 친구가 없었다.

정수가 나갔다.

기회는 지금이다.

"자, 한잔해."

술을 권하는 성수철에게 점핑을 했다.

언제 정수가 올지 몰랐기에 바로 성수철의 기억을 읽었다.

잘 흘러들어 오던 기억이 어느 순간부터 뚝뚝 끊어져 들어오는 듯하다.

'뭐지?'

난 기억을 거꾸로 읽기 시작했다.

내가 도착하기 전 둘이 대화를 나누는 장면이 보인다.

'이 개새끼들!'

아니나 다를까. 둘의 대화는 가관이었다.

—승호 새끼 오니까 간만에 양주도 빨아보는구나.

—아, 씨팔, 술맛 떨어지게 그 새끼 얘기는 왜 하냐?

—그래도 그 새끼 있어서 이렇게 술이라도 먹는 거잖아. 그냥 디졌어 봐 다른 물주 잡기 전에는 이 맛보기도 힘들다.

—키키키! 하긴 그 새끼가 있어야지.

—아무것도 모르는 새끼가 인기 좀 있다고 꼴사납게 구는 모습은 구토가 나오지만 어쩌겠냐.

—그래, 니 말이 맞다. 하하하! 씨팔, 그리고 오늘 오면 그 새끼한테 대마초 듬뿍 먹여. 몇 번 피다 보면 지가 찾을 거야. 그때 돈도 좀 뜯어내자고.

—차라리 뽕이 더 낫지 않냐?

—생각 좀 해라! 그건 걸리며 빼도 박도 못해. 일단 대마로 중독시킨 다음에 은근히 권해 보자고.

—그나저나 상호는 왜 안 와?

—우리가 그 새끼한테 권할 수는 없잖아. 물건 대주는 녀석을 데리고 온다고 했으니까 나중에 적당히 아는 체하라고.

당장 주둥아리에 술잔을 박아 버리고 싶었지만 일단 참기로 했다.

이들의 대화를 듣고 기억을 되돌려 보니 끊기는 부분의 정체를 알 수 있었다. 바로 대마초를 피고 정신이 나간 시간이었다.

'우욱!'

검게 이어진 그 기억을 읽으니 나도 모르게 기분이 나빠지며 구토가 올라온다.

더 이상 성수철의 몸으로 기억을 읽을 필요가 없었기에 내 몸으로 점핑을 하려 했다.

'아! 진짜 열받네.'

방금 전 그들의 대화가 생각나 다시금 화가 치솟는다.

"하나, 둘, 세……."

좋은 생각이 났다.

머리를 앞에 테이블에 왔다갔다 하면서 숫자를 셌다.

그리고 셋 하는 순간에 윤승호의 몸으로 점핑을 했다.

꽝!

"으아아아!"

"야! 너 뭐하냐? 건배하자더니 왜 테이블에 머리를 박아?"

술잔이 쓰러지며 술이 테이블 밑으로 흘러 바지에 묻고

난리다.

난 모른 척 뭐하는 짓이냐고 소리를 질렀다.

금세 시뻘겋게 부어오르는 이마. 속으로 웃으면서도 짜증 섞인 표정을 지었다.

"Oh~ sorry. 잠깐 졸았나?"

이 상황에도 영어질이다. 욕할 땐 영어 한마디 안 하더니.

"너 뽕하냐? 씨발, 그러면 나 모른 척해라."

녀석의 기억을 읽어서일까?

나도 모르게 욕이 나온다.

"뽀, 뽕은 무슨……."

찔리는 게 있으니 당황한 표정이 역력하다.

이때, 문이 열리며 밖에서 들리는 음악 소리가 안으로 들어온다.

"짜짠! 이곳에서 제일 아름다운 언니들 오셨다."

나름 폼을 잡고 등장한 정수.

"어, 분위기가 왜 이래? 내가 없어서 심심했구낭? 언니들 중에 제일 예쁜 언니가 승호 옆자리. 가장 섹시한 언니가 내 옆자리. 가장 귀여운 언니가 수철이 옆자리."

역시 화류계 생활이 오래돼서 그런지 분위기를 금방 바꾼다.

"우와~ 정말 승호 오빠네? 나 오빠 팬인데."

"나두, 나두!"

내 옆에 앉은 아가씨는 물론 다른 두 아가씨의 시선이 쏠린다.

"이런 곳에서 팬을 만나다니 기분이 좋은데."

말을 하면서 요모조모 살펴본다.

약간은 짙은 화장에 어려 보이는 얼굴.

쫙 달라붙는 원피스를 입고 앉아 있으니 아슬아슬하다.

그녀도 그 사실을 아는지 내려오지도 않는 옷을 자꾸 당긴다.

"제일 예쁜 아가씨는 몇 살?"

"스물한 살."

"대학생?"

"△○여대에 다녀요."

"이름은 뭐야?"

"현아."

"방학이 끝나가기 전 마지막 클럽?"

"맞아요. 호호호!"

내가 클럽에 가본 건 지안과 함께한 것밖에 없었다.

그래서 지금도 이런 분위기에 익숙하지는 않았다.

하지만, 이 아가씨들을 딱 보는 순간 좀 이상함을 느꼈다.

뭐가 이상한지는 나도 잘 모른다.

다만 윤승호의 기억 속 아가씨들과는 전적으로 달랐다.

"한데, 오빠 이제 다 나았어?"

"아직, 간혹 피곤하면 잠깐씩이라도 자야 해."

점핑을 하기 위한 멋진 핑계였다. 두 녀석은 연신 자신의 파트너에게 술을 먹이며 얘기를 나눈다.

자연스러운 터치와 다년간 세워둔 말발에 아가씨들의 경

계심은 금방 풀릴 텐데 자꾸 피하려는 몸짓이 눈에 띈다.

"나 잠깐 어깨 좀 빌릴게."

"에?"

"지금 막 졸리거든. 한 5분 정도면 충분할 거야."

내 파트너가 된 현아의 어깨에 잠깐 머리를 기댄 후 눈을 감았다.

그리고 현아에게 점핑.

'한동안 여자의 기억을 읽지 않으려고 했는데.'

난 점핑을 한 후 현아의 기억을 읽었다.

아주 짧은 기억이 들어온다.

'역시나 고등학생들이군.'

예상대로 이들은 고등학생들이었다.

주현아. 올해 고2가 되는 현재 고1. 이 애가 내 팬이라는 말도 사실이었다.

기가 막힘도 잠시 난 다시 내 몸으로 점핑을 했다.

"잘 잤다. 어깨 고마워."

"아, 아니에요."

현아도 잠깐 정신을 잃었다 깨서인지 말투가 약간 바뀌었다.

"히히히히!"

앞에 두 명의 애들은 폭탄주 몇 잔에 기분이 좋은지 웃고 있다.

수철과 정수가 그들의 몸을 살금살금 더듬고 있다는 것도 모를 정도로.

"현아야."

"예, 응?"

"너희 친구들 저렇게 놔둬도 괜찮아?"

"……."

"재밌으려고 놀러왔다가 평생 남는 상처를 입을 수도 있어."

"그건……."

"혹시 놀고 싶으면 친구들끼리만 놀아. 남이 주는 술도 먹지 말고 특히나 룸에는 가급적이면 들어오지 마."

기억을 읽었던 이들 중 자녀를 가진 부모들의 기억 때문일까?

사춘기의 아이들이라면 듣기 싫어할 만한 말이 내 입에서 나온다.

물끄러미 내 얼굴을 바라보는 현아.

그러더니 한마디한다.

"오빠가 있다고 해서 들어온 것뿐이었어요."

"하하! 진짜 내 팬인가 보구나? 내 팬 중에도 주현아라는 학생이 있어. 입원 중에 아주 예쁜 편지로 내 쾌차를 빌어 줬었는데. 그 애는 학교에 친한 두 명의 친구가 있다고 하더라. 미희와 진아라고 했던가? 너희들을 보니 그 애들이 생각난다."

씨익 웃더니 자리에서 일어난다.

"야! 일어나. 오빠가 우리 보고 집에 가랜다."

분위기 좋은 방은 갑자기 조용해졌다. 그리고 술에 취해

헤벌쭉 웃고 있는 미희와 진아의 등을 때리며 일으킨다.

"갑자기 왜 이래?"

"현아 너 미쳤어?"

"조용히들 해라. 쪽팔리니까."

현아가 인상을 쓰자 금세 조용해지는 아이들.

정말 얼굴과 몸매만 놓고 보자면 누가 저들을 미성년자라고 할 수 있겠는가?

"야! 너희 뭐하는 거야?"

"오빠 저희는 가볼게요. 또 답장 주실 거죠?"

"글쎄? 요즘 좀 바쁘잖아."

"풋! 알았어요. 그럼 즐거운 시간들 보내세요."

옆에서 뭐라고 하는 수철과 정수의 말은 신경도 쓰지 않고 할 말을 마친 현아는 맹랑하게도 윙크를 하며 사라진다.

"저년들 도대체 뭐야!"

"아직도 모르겠냐? 미. 성. 년. 이다."

"아이씨! 미성년자라고 여자가 아니……."

"닥쳐! 이 새끼야. 너 연예계 생활 끝내고 싶니? 그게 아니라고 해도 그렇지. 네 동생도 얼마 전까지 고등학생이었잖아."

아무래도 오늘 기억을 잘못 읽었나 보다.

쓰레기 같은 놈의 기억과 아직 세상의 때 묻지 않은 소녀의 기억이 상충하나 보다.

"워워~ 왜들 이래? 아직 시간 많잖아? 상호 오면 그때 내가 예쁜 애들 데리고 올게."

분위기를 좋게 하려는 정수의 행동도 마음에 안 들긴 마찬가지.

이대로 있다가는 녀석들을 한 대 팰 것 같아서 일어나려 했다.

"Yo! 오래들 기다렸지?"

상호가 낯선 사내와 함께 들어왔다.

"승호, 퇴원 축하해."

"응."

"분위기가 왜이래?"

"야야! 신경 쓰지 마. 뒤에 있는 분은 누구시냐?"

"응, 요즘 새로 사귄 동생. 너희들이 보고 싶다고 말하기에 데려왔다. 괜찮지?"

"그럼, 그럼. 앉아."

"처음 뵙겠습니다. 김제성입니다."

아주 쇼를 한다. 내가 기억을 읽지 않았어도 이들의 행동에서 이상함이 느껴질 정도로 어색하다.

"제가 술 한잔씩 따르겠습니다."

김제성이라 자신을 소개한 이는 행동이 아주 싹싹했고 호감이 가는 얼굴을 가지고 있었다.

"평소에 꼭 한 번 뵙고 싶었습니다."

나에게 술을 따르면서 존경한다는 표정을 얼굴에 가득 담고 있다.

난 일어서려던 생각을 바꿔 좀 더 있기로 했다.

수철, 정수, 상호 셋과는 다르게 김제성의 표정 연기가 욕심이 났다는 것이 더 정확 할 것이다.

일단 저들이 하는 양을 두고 보기로 하고 양주 맛을 즐기기 시작했다.

김제성은 입에 꿀을 바른 듯 사람의 마음을 사로잡는다.

만일 내가 아무것도 모르는 상태에서 그를 만났다면 그의 말에 홀라당 넘어갔을 것이다.

하지만 내 머릿속엔 사기꾼의 기억이 고스란히 자리 잡고 있었다.

사기꾼 아저씨는 모든 계획을 치밀하게 짠 후 움직였는데 그 계획이 워낙 다양했다. 그에 비하면 김제성의 방법은 아주 일반적인 방법이었다.

"형님, 담배 한 개비만 태워도 되겠습니까?"

"응, 피워."

나에게 동의를 구한 그는 전자담배처럼 생긴 물건을 꺼내더니 피우기 시작한다.

"Yo~ 그건 뭐야? 전자담배?"

"아닙니다, 형님. 남자한테 좋다고 해서 아는 친구 녀석이 준 겁니다."

"남자한테 좋다면…… 크크크크! 말 안 해도 알겠네."

"내가 피워봐도 될까?"

"안 됩니다, 형님. 이거 별로 좋은 게 아닙니다."

이제 쇼는 절정에 이르렀다.

성수철과 김제성은 대화를 주고받으며 나의 호기심을 자극하고 있다.

"그냥 담배처럼 피면 되는 거야?"

"그보다 더 깊게 빨아들이세요. 흡~ 하~ 흡~ 하~ 이런 식으로요. 그리고 마지막에 양주를 쭉 들이키면 좋아요."

성수철은 기억과 다르게 어설프게 흉내를 낸다.

"오~ 이거 기분이 좋은데."

성수철의 표정이 달뜬 표정으로 바뀐다.

"형님도 해 보시겠어요?"

이제 김제성은 적극적으로 권한다.

"아니, 난 잠깐 졸아야겠다. 퇴원을 했는데도 꼭 이러내."

"잠이 오실 때도 꽤 효과가 좋습니다."

"아니, 일단 잠깐 졸고 생각해 볼게."

"그럼, 나한테 줘 봐."

이번엔 정수가 전자 대마초를 손에 쥔다.

난 눈을 감고 자는 척하며 김제성에게 점핑을 했다.

그리고 바로 기억을 읽는다.

더러운 기분.

마치 담배를 처음 피고 입안에 가득한 담배 냄새가 역겹게 느껴지던 느낌과도 흡사하다.

'어라! 마약까지?'

기억을 읽어보니 전자 담배 모양으로 된 곳에는 대마 성분은 물론 마약 성분까지 넣어둔 모양이다.

그냥 기억만 읽고 올 생각이었는데 왠지 모를 느낌에 그에게서 잠깐 유체 이탈을 한 후 정신세계에 들어가 방을 만

들었다.

그리고 다시 윤승호에게 돌아왔다.

잠시 눈을 감고 자는 체를 하다 일어났다.

김제성을 제외하곤 대부분 눈이 풀린 상태로 킬킬대고 있다.

"형님도 한 번 해 보세요."

"됐다. 아까 니가 안 좋은 거라며."

"네? 아, 예……."

난 이제 이 장소를 나가야겠다고 마음을 먹었다.

더 이상 있어 봐야 좋은 꼴은 보기 힘들 터.

"형님, 가시게요?"

"응. 촬영 때문인지 영 피곤하네."

"야, 윤승호 어디 가? 오늘 밤새 먹어야지."

헤롱거리던 수철이 나가려는 내 어깨를 잡는다.

괜히 그의 낯짝을 보고 있자니 울화가 치민다.

"치워. 그리고 앞으로 나한테 연락하지 마라."

난 그의 손을 치우고 말했다.

"이 새끼, 오늘따라 왜 이러는 거야?"

"몰라서 묻냐? 술친구라고 매일 간이고 쓸개고 다 꺼내줄 듯이 굴다가 내가 입원했는데 한 번도 찾아오지 않았잖아? 그리고 이게 퇴원 기념 환영회냐? 새끼야, 다음부터 환영회 하려면 폭죽이라도 하나 사둬."

"……."

"오늘 잘 먹었다."

어안이 벙벙한 표정의 녀석들을 놔두고 룸을 나섰다.

뭐라고 지껄이던 상관없다. 두 번 다시 볼 생각이 없는 놈들이다.

시끄러운 클럽을 나서 동수 형에게 전화를 하려는데 멀리서 손을 흔드는 그가 보인다.

"일찍 나왔네?"

"응, 앞으로 저들 전화는 무조건 받지 마. 오늘부로 인연 끊었거든."

"알았다. 잘 생각했네."

차를 타고 집으로 향하는 길, 어설프게 술을 먹어서인지 기분 나쁜 일을 많이 당해서인지 술 생각이 난다.

"동수 형, 우리 소주 한잔할까?"

"응? ……그러지 뭐. 어디로 갈까?"

백미러로 가만히 날 보더니 대답을 한다.

"집에 주차해 두고 간단히 회나 한 접시 먹으러 가요."

"좋지."

"술주정하는 척하면서 욕하기 없기다."

"……."

"크크크크!"

"우, 웃지 마!"

하여간 저 형도 어지간히 얼굴 표정을 못 숨긴다.

또한, 은근히 놀리는 재미가 있는 형이다.

5.
양주로 살게요

스스로의 변화에 놀랄 수밖에 없다. 딱히 착하지도 그렇다고 정의감이 넘치는 성격이 아니었다.

한데, 며칠 동안 밤에 꼬리에 꼬리를 무는 생각들 때문에 쉽사리 선도법에 집중할 수가 없었다.

김제성의 기억을 읽고 난 뒤에 생긴 부작용(?)이라 할까?

김제성이 마약을 판다고 해서 딱히 나에게 피해가 생기는 일이 아니었음에도 그 마약을 먹은 골통 3인방이 동생인 연채를 겁탈하고, 또 나에게 스스럼없이 칼을 찌르는 상상이 펼쳐졌다.

'나에게 마약 조직을 소탕하라는 신의 계시인가?' 라는 헛생각도 들었다.

아무리 떨쳐 버리려고 해도 떨칠 수가 없었고 결국 현실에 순응하기로 마음을 먹었다.

그렇다고 무턱대고 그들을 찾아갈 생각은 추호도 없다.

비록 내가 선도술이 익숙해지면서 강해졌다고는 하지만 여전히 칼이 들어오고 총을 쏘면 죽게 되는 약한 인간일 뿐이었다.

먼저 테스트한 것은 타인의 몸으로 얼마나 선도술을 잘 발휘할 수 있느냐에 관한 것이었다.

테스터는 넘쳤다.

그중에 난 나와 아주 가까운 이에게 점핑을 했다.

술 먹고 분명 주정하지 말라고 했는데도 그걸 잊었는지 아님 일부러인지 고래고래 날 나쁜 놈이라고 울부짖던 동수 형에게로.

잠을 자고 있었는지 눈을 떠보니 컴컴한 천장이 보인다.

탈칵!

옆에 있는 전등을 켜자 방 안의 풍경이 눈에 들어온다.

넓지 않은 방은 온통 쓰레기들과 먼지로 엉망진창이었다. 방금 전까지 덮고 자던 이불도 꼬질꼬질하다.

"휴~"

일단 발로 이불을 한쪽으로 치우고 쓰레기들은 차서 내가 움직일 수 있는 공간을 만든다.

동수 형의 백회 바로 위에 있는 홀(Hole)을 느끼며 주변에 있는 기(氣)를 빨아들인다.

그 기를 머리에서 중단전을 거쳐 하단전에 차곡차곡 쌓아 본다.

하지만 쌓이기가 무섭게 흩어지는 기들.

상관없다.

흩어지는 기보다 내가 빨아들이는 기가 훨씬 많으니 어느 정도 시간이 지나자 온몸으로 기가 퍼져 나간다.

닥터피쉬가 온몸을 무는 느낌.

내부에서 간질거리는 느낌이 커지더니 일순 톡톡 터지며 상쾌함을 느끼게 한다.

내가 동수 형의 몸에 탁기(濁氣)를 제거하기 위해 온 것은 아니지만 그 기분에 잠시 취해 본다.

서서히 스트레칭을 시작한다.

두두둑!

"윽! 망할."

운동을 어지간히 하지 않는 모양이다.

평소보다 스트레칭을 오래 한 후 바로 팔굽혀펴기로 들어갔다.

기는 계속 빨아들이고 있지만 소모되는 기가 점점 많아진다.

아무래도 윤승호의 몸도 아니었고, 이렇게 무리한 운동을 해 보지 않은 이의 몸이라 힘들다는 생각이 조금씩 든다.

준비운동을 마치자 온몸이 멍한 느낌이 들었지만 내 몸이 아니니 그건 나중에 동수 형이 알아서 할 일.

서서히 선도술을 시작한다.

1단계는 속도가 좀 늦었지만 쉽게 펼칠 수가 있었다.

하지만 2단계에서는 급격히 소모되는 기 때문에 쉽지가 않다.

온몸에서 소모되는 기가 들어오는 기보다 많아지자 더 이상 진행을 할 수가 없었다.

"헉! 헉! 이 망할 몸뚱이 같으니라고. 헉! 헉!"

아무래도 타인의 몸으로는 선도술 1단계만 사용할 수밖에 없을 것 같다.

YF액션스쿨에서도 선도술 1단계만으로도 굉장한 실력이라는 말을 들었으니 충분하리라.

대충 이불을 발로 펼치고 전등을 끄고 누웠다.

그리고 기의 흡수를 멈췄다.

벌써부터 온몸이 비명을 지른다.

내일 아침에 동수 형의 얼굴이 궁금해진다.

◆　◆　◆

김제성의 활동 시간은 대부분이 밤 시간.

그리고 새벽녘에 잠든 그가 활동을 시작하는 시간은 4～5시경.

5시에 그보다 위에 있는 조직원에게 약을 받았는데 김제성이 아는 유일한 조직원이었다.

철저한 점조직 형태로 이루어진 마약 조직을 소탕하려면 꽤 많은 점핑을 해야 할지 몰랐기에 난 준비 단계부터 철저히 했다.

일단, 그에게 마약을 사는 사람들을 조사했고, 그 사람들의 기본적인 정보를 적어뒀다.

노트 한 페이지를 가득 메운 사람들은 분명 피해자다.

하지만, 그들은 치료를 받아야 하는 환자이기도 했기에 했다.

피해자이자 환자인 그들은 대부분이 연예인들이었고, 술집 종업원들이었다.

유명한 선배 연예인들도 있어 마음에 걸리긴 했지만 빠른 치료가 오히려 그들에게 도움이 될 것이라는 생각이 들었다.

"승호야, 커피."

"왜 이리 늦었어요?"

"끙, 말도 마라. 아주 몸이 죽을 지경이다."

"도대체 뭘 했기에 어제부터 그래요?"

"몰라."

말로는 모르는 체했지만 속으론 고소를 지었다.

"감독님한테 5시부터 한 시간만 쉬자고 하란 건 어떻게 됐어요?"

"잘됐어. 저녁 촬영도 있으니 그 시간에 저녁 식사를 한다고 하시더라."

"알았어요. 전 들어가서 좀 쉴 테니까. 촬영 전까진 깨우지 말아요."

"응, 나도 좀 쉬어야겠다."

숙희 누나, 연하, 효진에게도 깨우지 말라고 하고 차로 들어가 누웠다.

시계를 확인하니 4시 45분.

지금쯤 상위 조직원에게 향하고 있을 것이다.

난 김제성에게 원거리 점핑을 했다.

최근엔 점핑을 하면 그 대상자와 일체화하는 시간이 짧다. 대략 3~4초면 가능하다.

"이런, 젠장!"

눈앞 가득 트럭이 다가오고 있었다. 중앙선을 넘은 모양이다.

빵빵! 끼이이익!

급브레이크를 밟는 트럭.

난 재빨리 핸들을 우측으로 돌린다.

'다시 윤승호에게 점핑할까?'

'이 녀석이 죽으면 곤란한데.'

'그게 문제가 아니잖아! 죽으면 어떻게 될지 모른다고!'

수많은 생각들이 스쳐 지나갔고, 누군가의 얼굴이 보고 싶어진다.

다행히도 우측 차선에는 자동차가 없었고 보도에 차가 올라간 걸 제외하곤 특별한 사고는 일어나지 않았다.

"후우~ 뒈질 뻔했다."

심장이 터질 듯이 콩닥거렸기에 잠시 운전대에 머리를 기댄다.

"야, 이 X같은 새끼야. 운전을 그따구로밖에 못해? 뒈지려면 한강에 가서 뛰어내려!"

트럭 운전사는 창문을 내려 고래고래 고함을 지르고 별의별 욕을 다한다.

전적으로 내 잘못이지만 욕하는 소리에 욱하는 성질이 튀어나오려 한다.

하지만 지금은 안정이 우선.

결국 실컷 욕을 하던 트럭 운전사는 뒤에서 빵빵거리는
차 때문에 운전을 하고 자신의 갈 길을 간다.

"앞으로 점핑도 조심해야겠다."

다음에도 이런 상황이 오면 반드시 그냥 내 몸으로 다시
점핑을 해야지 하는 이기적인 생각을 하며 목적지로 향한다.

시내 쇼핑몰의 주차장.

이곳은 입구와 출구가 많아 도망가기 최적의 장소였다.

또한 CCTV의 사각지대도 제법 되어서 거래가 주로 이
루어지는 곳이다.

'저기군.'

국내의 오래된 밴 차량의 번호를 확인하고 그 옆에 주차
했다.

쇼핑몰용 종이팩에 든 돈을 들고 내려 자연스럽게 밴의
문을 열고 안으로 들어갔다.

앞의 운전석이 보이지 않는 화물용 밴의 내부는 보기보다
넓었다.

"안녕하셨습니까, 형님."

"그래."

20대 중반에서 30대 초반으로 보이는 사내는 멸치라고
불렸는데 그보다 아래에 있는 김제성은 감히 그를 멸치라
부르지 못했다.

깡말라서 다소 신경질적으로 보이는 멸치는 손가락을 까닥거린다.

돈이 든 종이팩을 달라는 의미.

돈을 건네자 가방에 돈을 확인한다.

기회는 이때.

난 멸치의 홀을 느끼며 점핑을 했다.

"……어? 혀, 형님?"

"왜?"

"제가 언제 여기에 왔습니까?"

"이 새끼야, 약 좀 작작해라. 그러다 한 방에 훅 가는 수가 있어."

어리둥절해하는 김제성의 상태를 확인하며 돈을 세는 척했다.

액수는 이미 김제성의 기억을 읽어 알고 있었다.

마약을 하는 그인지라 금세 스스로 해답을 내리는 모양이다.

난 안심을 하고 멸치의 기억을 읽어 들인다.

흑룡파, 마약, 기둥서방, 감옥, 밀항과 같은 단어를 연상케 하는 기억들.

"자. 니 물건이다. 판매량이 높아 물건 좀 더 넣었다."

"감사합니다, 형님."

"다음엔 G구역으로 와라."

"예."

똑같은 종이팩에 담긴 약을 건네자 김제성은 인사를 하고 밴 밖으로 나간다.

쿵쿵!

문이 닫히고 난 운전석이 있는 벽을 두 번 두드렸다.

그러자 차는 다음 접선 장소로 이동을 시작한다.

멸치의 정신세계에 방을 만들고 '착하게 살자.' 라는 글도 남기고 점핑을 하려고 하니 아무래도 뒤가 영 찝찝하다.

멸치도 마약을 한다면 정신을 잃은 시간에 대해 그러려니 하고 넘어가겠지만 보기완 다르게 무지 꼼꼼한 성격의 소유자였다.

이런 류(類)의 인간은 뭐든 그냥 넘어가는 법이 없는 법이다.

물론, 의심을 해 봐야 증거가 남는 일도 아니니 걱정은 없지만 점핑을 할 때마다 이런 점이 항상 마음에 걸렸었다.

'좋은 방법이 없을까?'

기억을 지울 수 있다면 만들 수도 있다는 얘기.

난 멸치의 의식세계를 열었다.

그리고 그의 기억을 펼쳐 끝을 본다.

역시나 돈을 세는 부분으로 기억은 끝이 나 있었다.

'만들어질까?'

난 뒤에 기억을 만들어본다.

'크크크!'

내 상상력에 맞게 만든 기억이지만 정말이지 아니다.

원래의 기억이 HD급 화질의 영상이라면 내가 만든 기억은 유치원생이 괴발개발 그려놓은 그림이었다.

결과는 궁금했지만 이래선 기억을 상실한 것보다 더 황당해할 것 같다.

'이래선 안 되지. 차라리 내 기억을 심을 수 있다면……!'

바보, 바보!

난 바보였다.

이지원의 정신세계에 꼭두각시 영체를 만들려고 했던 걸 잊어 먹다니.

이지원에게 난 항상 지안의 기억을 주려고 했었다.

그렇다는 것은 나의 기억을 멸치에게 심어주는 것이다.

어차피 1인칭의 시점이다.

가능할까?

의문과 함께 난 바로 내 기억을 의식세계에서 불러본다.

'우와!'

다른 이들의 기억을 불러오는데 10초가 걸린다면 내 기억을 불러오는 데는 도무지 끝이 없다.

난 오늘 기억만을 보기를 원했다.

그러자 지금까지 나오던 기억은 사라지고 오늘의 기억이 필름처럼 나타난다.

'이런 것도 가능하구나.'

난 내 기억 중에서 방금 전에 멸치에게 점핑한 이후의 기억을 카피(Copy)했다.

그리고 멸치의 기억 끝에 그 복사한 부분을 붙였다.

'후후후!'

켕겨서 한 행동일 뿐이었다.

잘될지 안 될지는 미지수다.

이제 돌아가서 멸치의 기억을 상세히 살펴봐야 한다.

◆　◆　◆

"숙희 누나, 여기 3만 원 잘 썼어요."

"응? 아, 어제 빌려줬었지. 그게 너였니?"

"네."

"이거 공돈 생긴 기분인 걸."

난 숙희 누나와 동수 형이 하는 행동을 지켜보고 있다.

"형, 무슨 일로 돈을 빌렸어?"

"음…… 글쎄? 기억이 잘 안 난다."

"그래요?"

무심한 표정으로 의자에 앉아 있었지만 속으론 쾌재를 불렀다.

기억의 조작은 가능했다.

난 어제 숙희 누나에게 돈 3만 원을 빌렸다.

그리고 숙희 누나에게 점핑을 하고 들어가 그녀의 기억 중 내가 돈 빌렸다는 사실을 희미하게 만들었다.

또한, 밤에 동수 형에게 점핑을 해 들어가 내 기억을 복사해서 그대로 붙였다.

결과는 성공!

이거 은근히 중독될 것 같은 기술이다.

그나저나 마약과 관련된 일이 커졌다.

멸치의 기억을 읽고 그가 마약 조직의 중간책 중 한 명에 불과하다는 사실을 알게 되었다.

그가 관리하는 모집책이 총 5명. 김제성은 그 다섯 명 중 한 명에 불과했다.

그리고 대마든 마약이든 마약을 하는 이들만 벌써 200명이 넘었다.

더욱 문제는 멸치와 같은 중간책이 5명 이상이라는 것.

멸치의 윗단계인 보급책에게 점핑을 해야 하는데 이제부터는 극도로 조심해야 했다.

보급책부터는 흑룡파라는 폭력 조직과 연관이 있다는 것이 멸치의 기억에 남아 있었다.

"승호야? 승호야."

"왜요?"

"난 또 잠든 줄 알았다. 촬영 시작이야."

오늘의 촬영은 키스신이 있다.

좌포청 종사관인 주인공이 다쳤을 때 지극 정성으로 간호를 한 주막집 딸 춘심이.

음모의 세력과 마지막 일전을 앞두고 떠나기 직전, 그녀에게 돌아오겠다는 다짐을 하고 키스를 하는 장면이다.

이미 결전(?)의 준비는 끝마쳤다.

양치질도 했고, 껌도 씹고 가글도 했다.

"이번 것도 한 방에 가자. 뭐 승호니까 걱정 없으려나?"

조문경 감독의 의미심장한 말을 들으며 춘심이 역할을 맡은 신인 여배우 정다희의 옆으로 갔다.

"너무 긴장 마."

"네."

물론, 그녀에게 한 소리이긴 했지만 나 스스로에게도 한 소리였다.

간접경험이야 정말 많았지만 직접경험은 두 번밖에 없었다.

"자, 바로 가겠습니다."

조감독의 목소리에 촬영장은 일순 조용해졌다.

"레디~ 액션!"

"진정 가야 합니까?"

"미안하오. 하지만 주상 전하를 위협하는 무리들을 어찌 보고만 있겠소."

"하지만, 아직 상처가……."

키스신 전의 연기에서는 별로 문제가 없었다.

"내 꼭 돌아오겠소. 그때 그대에게……."

"부디 무사하시어요."

이제 키스를 하면 된다. 은근한 눈빛으로 정다희를 바라 본다.

입술에 바른 립스틱이 아주 맛있게…… 흠!

쓸데없는 생각을 버리고 난 그녀의 입술에 내 입술을 포 갠다.

부드럽고 꽃향기가 나는 입술.

난 그녀를 탐해 본다.

"NG!"

감독의 목소리를 듣고 잠시 머뭇거리다 떨어진다.

'이거 진심으로 키스를 해 버렸군.'

"야, 윤승호! 니가 종사관이냐? 제비냐? 왜 그리 능숙해? 그 있잖아. 강인한 남성이 박력 있게 하는 그런 키스 말이야."

"예, 알겠습니다."

'아무리 그렇다고 해도 제비가 뭐냐?'

속으로 투덜댔지만 전혀 불쾌하지 않다.

나에게는 연하가 와서 화장을 고쳤고, 춘심이에게는 그녀의 메이크업 아티스트가 그녀의 입술에 립스틱을 다시 바르고 있다.

2번째, 촬영.

"부디 무사하시어요."

이번엔 좀 더 남성답게 그녀의 입술을 훔친다.

이번엔 느낌이 좋다.

아쉽긴 하지만 키스신은 이것으로 끝인가 보다.

"NG!"

이번엔 NG 소리도 잘 안 들릴 정도로 집중했다. 그런데 NG라니? 꽤 괜찮았는데.

"야! 너 손이 어디로 가 있는 거야?"

그 소리에 비로소 내 손의 위치를 확인할 수 있었다.

바로 그녀의 가슴 바로 밑이었다.

"헉! 미안!"

"아, 아니에요."

"너 연기하랬지 누가 진짜로 하라고 했냐?"

여기저기서 큭큭거리는 소리가 들린다.

어쭈? 동수 형 지금 웃는 거야?

내가 눈을 부릅뜨자 일순 조용해진다.

"자, 이번엔 손만 조심하면 돼. 방금 전 느낌으로 다시 한 번 가자."

"예."

3번째.

"NG! 다희 씨, 혀 사용하면 안 돼요. 100만 안티 팬을 각오해야 할 걸요."

다시 촬영장은 웃음바다.

4번째, 5번째…… 10번째.

"굿! 아주 좋았어."

마침내 감독의 오케이 사인이 떨어졌다.

마지막에는 꽤 시간도 길었던 것 같다.

"수고했어, 다희야. 나 때문에 미안."

"아니에요."

약간 상기된 표정의 그녀는 조르르 사라진다.

난 조문경 감독에게 가서 촬영된 장면을 본다.

"나중에 술 사라."

뭔 소린가 싶어 조문경 감독을 봤더니 장난기 가득한 얼굴로 날 바라보고 있다.

그제야 머리에 번뜩 떠오르는 생각.

"양주로 살게요."

난 감독에게 한마디하고 다음 촬영 준비를 위해 내 의자로 갔다.

경기도의 야산에 있는 폐공장에서 보급책인 전기톱 양시민을 만나 점핑을 했다.

기억을 조작할 수 있으니 굳이 여기저기로 점핑을 하는 것도 에너지 낭비였기에 느긋한 마음으로 기억을 살펴봤다.

양시민은 흑룡파의 중간 간부로 그가 건사하는 부하들만도 열다섯 명이 넘었다.

그래도 나중에 기억 조작을 편하게 하기 위해서라도 최대한 그가 평소 움직이는 동선으로 움직였다.

'이걸 불에 다 싸질러야 하는데.'

금고 한쪽에 있는 물건만 대략 100억 원이 넘었다.

하지만, 보름도 안 되서 이 물건은 모두 팔릴 것이다.

하지만 문제는 여기가 아니었다. 바로 공급해 오는 공급처.

양시민도 그 공급처가 어딘지는 몰랐다.

금고의 다른 한쪽에는 돈뭉치가 수북이 쌓여 있지만 일단은 신경을 꺼야 했다.

혼자서 옮기기도 힘들 만큼 많았다.

그러고 보니 지안이 준 돈과 병원 이사장에게 훔친 돈도 그대로 있는 상태다.

혹 지안이 필요할까 봐 사용하고 있지 않지만 조만간 과일 장수 아저씨의 몸으로 한 번 가봐야겠다.

"형님, 손님이 왔습니다."

"누구?"

"박철종입니다."

난 박철종에 관해 검색했다.

배신자, 끄나풀, 특별마약전담반, 살해.

이제 기억을 훑는 것도 익숙해져서 빠른 화면에서도 대략적인 정보를 취할 수 있었다.

'젠장!'

박철종은 특별마약전담반에서 흑룡파로 잠입시킨 형사였다.

"어디에 있나?"

"사무실에서 기다리고 있습니다."

"알았다. 잠깐 기다리시라고 해."

"예!"

일단 그를 내보낸 후 잠시 고민에 빠진다.

천천히 조사 후 경찰이나 검찰에 익명으로 신고를 할 생각이었다.

한데, 지금처럼 행동을 하자니 박철종이 마음에 걸린다.

언제 박철종을 죽일지는 정확히 알지 못했지만 조만간 일이 벌어질 것이라는 건 알 수 있었다.

'쳇!'

내가 착한 놈은 아니지만 그래도 나라와 국민을 위해 위험을 무릅쓰고 잠입 수사를 하는 형사를 죽게 내버려 둘 수는 없는 일.

아무래도 그에게 경고라도 해서 흑룡파에서 빠져나가게 돕도록 해야겠다.

사무실로 향했다.

30대 초반의 우락부락하게 생긴 박철종이 소파에 앉아 있다.

"여기까지 웬일이십니까? 하하하!"

"지나는 길에 아우님이 생각나서 먹을거리 좀 사서 들렀지."

실제 나이는 양시민이 많았다.

하지만 조직은 서열.

양시민은 흑룡파의 두목의 눈에 띄어 낙하산으로 들어온 박철종을 싫어했다.

"감사합니다. 잠시만 기다려 주십시오. 제가 처리할 일이……"

"그럼, 여기서 잠깐 기다리지."

난 책상 의자에 앉아 일을 보는 척하며 유체 이탈을 했다.

그리고 양시민의 정신세계로 가 정신 조작을 했다.

모든 일을 마친 후, 바로 박철종에게 점핑을 했다.

"일은 다 끝났나?"

"에? 예. 무슨 일인지 잊어버렸습니다."

"하하하! 너무 무리하게 일했나 보군."

확실히 기억 조작은 정신 이동을 편하게 만든다.

양시민도 별다른 의심 없이 소파로 와 앉는다.

"회장님 경호하기도 바쁠 텐데 저까지 신경을 쓰시고……"

"내가 낙하산으로 들어와 조직원들과 좀 서먹서먹해서 친해지려고 온 것뿐이야. 하하하!"

"그러시군요."

원래 박철종은 중간책 그리고 모집책에 대해서 알고자 양시민을 찾아왔다.

그는 조직에 침투해 꽤 많은 것을 알아냈다.

하지만 보급책까지는 알아도 중간책과 모집책에 대해선 아는 게 없었다.

"나도 이제 그만 가봐야겠네. 아우님은 계속 수고해."

"벌써 가시게요?"

"난 먹을거리를 전해줬으니 가봐야지."

"……그, 그럼 멀리 안 나가겠습니다."

"그래, 앞으로 친하게 지내자고."

이것저것 물을 것이라 예상했을 텐데 좀 당혹스러운 모양이다.

난 사무실에서 나와 박철종이 몰고 온 차를 타고 폐공장을 벗어났다.

'어떻게 하지?'

차로 한참을 달리다 도로 한편에 세워두고 어떻게 박철종에게 알릴지 고민을 해 본다.

내가 가진 중간책과 모집책 그리고 마약을 투여한 일반인들에 대한 정보는 그의 머리에 카피하면 된다.

문제는 그에게 도망가라고 말하는 것.

'쪽지에 적어줄까? 아님, 검찰로 바로 갈까?'

고민은 길지 않았다.

난 그의 기억에 내 기억을 더했다.

그리고 약간의 조작으로 그가 위험에 처해 있다는 사실도 알게 만들었다.

이제 차를 경찰서로 몰면 내가 할 일은 끝이다.

그나저나 참 박철종이라는 이 사람도 대책이 없는 사람이다. 가정이 있는 사람이 잠입 수사를 할 생각을 하다니.

기억을 보면 자신은 물론이거니와 아내도 위험해질 수 있다는 걸 알면서도 결정한 모양이다.

며칠 전, 아내가 임신했다는 소식에도 그냥 축하한다는 메시지만 보낸 기억도 있었다.

그의 행동이 한편으로는 존경스러우면서도 다른 한편으로 미련해 보이기까지 한다.

서울로 들어서 조금 더 달리자 특별마약전담반이 있는 검찰청이 보인다.

어중간하게 점핑을 해 버리면 이 인간 다시 고민하며 흑룡파로 돌아갈 것 같았기에 아예 전담반이 있는 곳까지 데리고 갈 생각이다.

"다 왔⋯⋯!!"

갑자기 뒤에서 느껴지는 소름.

백미러로 낯선 사내가 날 향해 뭔가를 휘두르고 있었다. 피하기는 이미 늦었다.

픽!

목덜미에 강한 충격과 함께 정신이 아득해진다.

'제, 젠장⋯⋯.'

6.
폭주를 하다

눈, 아니, 정신을 차리자마자 입안으로 물이 와락 들어온다.

순간 호흡을 멈추었지만 벌써 두세 모금의 물을 마셨다.

차분할 수 없는 상황.

몸을 움직여 보지만 이미 단단히 묶여 있는 상태다.

그리고 얼굴에 압박감이 생기는 것이 아무래도 거꾸로 매달려 물에 빠졌나 보다.

점점 가빠져 오는 숨.

'이럴 때, 선도법 2단계라도 마스터했다면 피부호흡이라도 했을 텐데.'

잡생각도 잠시 홀을 느끼며 기를 받아들인다.

내가 너무 안이하게 생각한 모양이다.

이미 흑룡파에서는 감시자를 붙이고 있었는데 박철종은 아무것도 모르고 나 또한 쉽게 생각한 것이 이런 상황을 만든 것이다.

또한, 내가 점핑을 한 상대의 몸에서 죽게 된다면 내 존재 자체가 사라질 수 있다는 생각이 든다.

일단, 후회와 생각은 나중에 해도 된다.

아무리 기를 빨아들여도 숨이 막히는 것은 어쩔 수가 없다.

자연 몸을 거세게 움직인다.

'안 되겠다. 일단 내 몸으로 점핑을……'

순간 몸이 위로 당기는 힘에 올라간다.

"푸하~ 콜록콜록! 커~억!"

"정신이 드나?"

"하아~ 하아~"

거친 숨을 고르며 주변의 상황을 살핀다. 낡은 창고, 내 머리 아래로는 물이 3분의 2쯤 찬 드럼통이 있었다.

총 12명. 그중 나에게 말을 건 사내의 얼굴은 기억 속에 있는 인물이었다.

흑룡파 제2 행동대장 서무식.

이름 그대로 아주 무식하게 사람을 때려죽이는 놈.

무엇보다도 내게 필요한 건 점핑.

"쉬라고 빼준 게 아냐."

서무식을 바라보고 점핑을 하려는 순간, 그의 고갯짓에 몸이 다시 아래로 내려간다.

눈에 보이지는 않지만 놈의 홀(hole)을 느꼈다.

하지만 물에 빠지는 순간, 홀의 기척을 놓쳐 버린다.

숨을 참고 선도법을 행한다.

방금 숨을 깊이 들이쉬며 빠졌기에 아직까지는 참을 만하다.

한데, 이놈들은 역시 이런 경험이 많은지 도무지 빼내줄 생각이 없다.

'그냥 점핑을 할까?'

12명 중에 내가 원거리 점핑을 할 수 있는 인물은 없었다.

그러니 여기서 점핑을 해 도망가는 순간 박철종은 죽게 될 것이다.

숨이 막혀오며 머리가 어질어질하다.

더 늦으면 정말 이 자리에서 내가 죽을지도 모른다는 생각이 든다.

다시 당겨 올라가는 느낌.

"푸하~ 크흡!"

이런 씨팔놈들. 변칙 공격이냐?

왜 잠깐 들었다 다시 빠뜨리는데!

역시 이들은 능숙했다. 아주 사람을 가지고 논다.

머릿속은 지금 점핑을 해야 된다는 생각과 박철종을 살려야 한다는 생각이 싸우고 있었다.

하지만 결국 박철종의 임신한 아내 때문에 더 버티자는 결론이 났다.

뭔가 묻고 싶은 게 있으니 기회는 있을 거라는 판단도 한 몫했다.

그래도 참기 힘든 건 마찬가지.

물고문이란 말이 괜히 생긴 게 아니었다.

숨이 오락가락하길 몇 번 난 오로지 선도법에 매달릴 수밖에 없었다.

기적은 존재하는가?

오금이 저릴 정도로 오락가락한 어느 순간 온몸이 깨어나는 느낌을 받는다.

당겨지는 힘이 느껴지는 게 이토록 아쉬울 줄이야.

"후합, 후합! 콜록!"

"지금까지는 아주 편했을 거야. 하지만 지금부터 묻는 말에 대답하지 않는다면 시간을 두 배씩 늘이겠어."

"나, 나에게 왜 이러는 거야? 내가 무슨……."

"닥쳐!"

퍽!

"큭!"

옆에 서 있는 놈이 야구방망이로 등을 가격한다.

이빨을 뿌드득 갈며 죽일 듯이 놈을 노려본다.

"후후! 아직 정신을 못 차렸군."

난 서무식을 노려보며 물속으로 다시 들어갔다.

위기 뒤에 기회가 있다고 했던가? 드디어, 피부호흡이 가능해졌음을 알았다.

숨은 더 이상 차지 않았다.

그래도 난 연기자다.

고통에 발버둥치는 걸 잊지 않는다.

지금의 느낌을 잊지 않는 것도 중요하지만 위급한 상황에서 뭔가를 하나 얻었으니 이제 이곳을 빠져나가야 한다.

난 또렷이 기억해 뒀던 서무식의 홀(Hole)을 기억하며 점핑을 한다.

"후우~"

"왜 그러십니까, 형님?"

서무식의 몸을 차지했지만 방금 전 숨을 참았던 기억 때문에 한숨을 내뱉는다.

"아무것도 아냐. 놈을 올려."

난 일단 방금 전까지 내가 머물렀던 박철종을 물 밖으로 빼냈다.

기억을 읽다가 혹 신호를 안 보내면 죽을까 해서였다.

"크엑! 콜록콜록!"

방금 전까지 내가 저런 모습이었다.

그래선지 왠지 안쓰러운 생각이 든다.

이 인간은 박철종에게 뭘 알고 싶은 걸까? 난 서무식의 기억을 읽었다.

쓰레기다.

결단코 내가 지금까지 읽은 기억들의 나쁜 점을 다 합쳐도 이 인간에 비하면 새 발의 피였다.

악(惡) 그 자체의 인간.

하지만 그의 기억에 있는 몇 사람도 서무식과 다를 바 없는 인간들로 보인다.

병원 이사장을 처음 점핑했을 때, 옥상에 올라가 투신을 하고 싶다는 생각을 했었다.

하지만 그건 그냥 나쁜 놈이니 하는 소리였을 뿐이다.

하지만, 이놈과 몇 명은 정말이지 살아 있을 가치가 없는 쓰레기들이었다.

은연중에 이런 생각을 하게 되면 죄의식이 꿈틀거리며 일어날 텐데.

오히려 더 짙은 살기가 끓어오르게 한다.

이들 흑룡파를 감옥에 보낼 생각만 했는데 이제는 마음을 바꾸기로 했다.

"이, 이게 무슨 짓이오?"

"그걸 진정 몰라서 묻는 건가?"

난 지금 서무식이다. 행동에 앞서 연기를 해야 한다.

"회장님이 이 사실을 아시면……."

"아시면? 당연히 알고 계시지. 그분이 내린 명령이니까."

"그, 그럴 수가?"

박철종. 저 사람도 꽤 연기를 한다.

하긴 목숨이 걸린 상황이니 어쩔 수 없을 것이다.

"자, 그럼. 다시 묻지. 자네 말고 조직 내 특수마약전담반의 끄나풀은 누가 있나?"

"트, 특수마약전담반이라니 난…… 컥!"

때리지 말라고 하고 싶었다.

하지만 충성스런 서무식의 부하는 아주 익숙한 일인 듯

그냥 방망이로 후려친다.

이대로 뒀다간 병신이 될 것 같기에 마음의 결정을 내려
야 했다.

방심하고 있는 11명이라면 처리가 가능할 것 같다.

그러기에 앞서 박철종을 풀어줘야 한다.

줄을 잡고 있는 놈들이 그냥 놔 버리기라도 한다면 목뼈
가 부러질 터.

"박철종을 풀……."

"아직도 밝혀내지 못한 건가?"

뒤에서 들리는 탁하고 나이 든 남자의 목소리.

"아! 회장님. 오셨습니까?"

난 재빨리 자리에 일어나서 인사를 했다.

흑룡파 보스인 장국순은 책망 어린 눈빛으로 날 본다.

그리고 그를 따르는 두 명의 보디가드가 의자 위에 손수
건을 깔자 비로소 의자에 앉는다.

나이 든 사람답지 않게 눈빛만은 정말이지 살 떨리는 인
물이다.

물론, 서무식의 기억을 읽어서 그런 생각이 드는 건지는
몰랐다.

"회장님! 억울합니다."

"시끄럽군."

박철종은 회장의 짧은 말에 바로 물통으로 들어간다.

아무런 감정 없는 표정으로 그 모습을 바라보는 늙은 장
국순.

난 뒤로 물러나 손에 잡히는 핸드폰을 움직인다.

박철종의 기억에 있던 특수마약전담반의 전화였다.

물속에서 숨이 막힌 박철종이 몸을 거칠게 흔든다.

공장 내부는 첨벙거리는 소리만 들릴 뿐 특별한 소리가 나지 않았다.

이러면 곤란하다.

난 구석에 전화기를 숨겨 놓고 앞으로 나서며 큰소리로 말했다.

"회장님, 굳이 이럴 필요 없이 그냥 박. 철. 종.을 처리해 버리시죠?"

"기다려. 놈에게 보여줄 것이 있으니까."

회장의 손짓에 다시 끌려 올라온 박철종은 물을 먹었는지 연신 콜록거린다.

"네놈의 정체는 이미 알고 있으니 이제 더 이상 헛소리는 집어치우고 묻는 말에 대답을 해."

"......."

"조직에 있는 끄나풀은 누군가?"

"모, 모른다."

"후후! 역시 짭새 놈들은 재밌다니까. 이래도 말을 하지 않나 보자고."

뒤에 서 있는 이들에게 손짓을 하자 다른 두 명이 한 여자를 데리고 들어온다.

손과 입이 묶인 채 눈물을 많이 흘렸는지 눈물 자국이 선명하다.

'이……!'

손이 부들거리고 이를 앙다문다.

설마 했는데 박철종의 아내를 데리고 온 것이다.

이러면 정말 막가자는 얘기다.

"우욱~ 우욱~ 우우우우!"

"여, 여보!"

눈 뜨고는 보지 못할 장면이다.

입이 막혀 욱욱거리며 서글피 우는 아내와 그런 아내의 모습을 바라보는 박철종의 표정은 오만 가지 표정이 한꺼번에 나타난다.

"눈물겹군."

무미건조한 장국순의 목소리.

"이…… 악마 같은…… 저 여자만이라도 살려주십시오, 회장님. 제발…… 제발 부탁드립니다."

"좋아, 살려주지. 하지만 끄나풀을 불어."

"끄, 끄나풀은……."

박철종의 의지는 무너졌다.

임신한 아내를 본 형사는 힘없는 남편이 되었다.

그의 눈에서 흐르는 것이 눈물인지 물인지 알 수 없지만 난 이들 부부의 모습에 서무식이 주로 쓰는 손도끼 두 개를 잡아갔다.

"내가 나이가 드니 독특한 걸 즐기게 되더군. 임산부와 여기 있는 애들이 즐기는 모습을 비디오로 찍는다면 두고두고 볼 만할 거야. 크크크크!"

장국순이 몇 명을 데려왔는지 알 수 없지만 더 이상 참을 수가 없었다.

난 어리석지 않다.

가장 먼저 처치해야 하는 인물들은 바로 무술의 고수라는 두 명의 보디가드.

그들에게 다가가는 것은 어렵지 않았다.

서무식의 홀로 기를 탐욕스럽게 먹어치우며 다음을 준비했다.

퍽! 퍽!

나는 아무런 감정도 없는 사람처럼 두 명의 목에 손도끼를 박아 넣었다.

"뭐, 뭐야? 서무식 너……."

"혀, 형님!"

늙은 장국순 따위의 말에 신경 쓸 틈이 없다.

다음 노린 이들은 역시 장국순이 데리고 온 부하들.

산모에게는 정말이지 미안한 일이지만 나중에 지금 보는 끔찍한 장면을 지워줄 생각이다.

"저 새끼 죽여!"

난 마약 조직을 밝혀내기 위해 너무 나쁜 놈들에게 점핑을 많이 한 모양이다.

그래서 그들의 기억에 내 기억이 오염되어 아무 죄책감 없이 이들의 몸을 도끼로 내려찍는 건지도 몰랐다.

핑계일지 모른다고?

맞다. 난 지금 나의 잔혹함에 적당한 핑계거리를 찾는 건지 몰랐다.

하지만, 똑같은 일이 일어난다면…….

그때도 난 지금과 같이 행동할 것이다.

"죽어!"

휘둘러 오는 야구 방망이를 왼쪽 손도끼로 비스듬히 막으며 오른쪽 손도끼를 정확히 놈의 심장에 박는다.

"크아아악!"

비명을 지르는 놈을 발로 걷어차며 손도끼를 뽑아 다시 나에게 총을 쏘려 하는 놈을 향해 던졌다.

퍽!

손도끼를 꽂은 채 쓰러지는 놈.

장국순은 연신 졸개들을 독려한다.

그나마 다행인 건 내 직속 부하 11명은 믿을 수 없다는 듯이 날 바라볼 뿐이었다.

"놈을 죽여! 이 새끼들아. 저놈이 끄나풀이라고~~!"

장국순이 미친듯이 외치자 그제야 놈들이 움직인다.

"웃기지 마! 이 미친 새끼! 끄나풀을 찾으려고 하면서 날 제거할 생각이었다는 걸 내가 모를 줄 알아? 너희들은 나를 믿나? 저 영감탱이의 말을 믿는 건가?"

난 지금 연기를 하고 있다.

평생 험한 일이란 일은 다 해왔는데 지금에 와서 날 죽이려 하는 영감탱이에 대한 분노와 배신당한 남자의 울분을 담아낸 명대사였다.

"이, 이놈 무슨 말을……."

"그럼, 왜 그냥 죽이자는데 끝까지 끄나풀을 찾는다고 한 거지? 끄나풀은 더 이상 없었어."

"……"

물론 되도 않는 말을 지껄이는 것이다.

하지만, 나의 자신만만함과 순간이긴 하지만 말을 더듬은 장국순 때문에 부하들은 나의 편으로 넘어왔다.

"회장님이 위험하시다! 쳐라!"

젠장! 도대체 얼마나 많은 인간들을 데리고 온 거야?

"애들아! 막아라! 이대로 개죽음당할 순 없다."

신선문 선생님이 젊은 시절 열연한 성웅 이순신의 연극의 한 장면을 생각하며 외쳤다.

각종 무기를 들고 오는 장국순의 패거리와 날 한 번 보더니 일제히 무기를 잡고 장국순의 패거리에게로 달려든다.

"형님을 지켜라~!"

"가자!"

11명이 동시에 무기를 들고 뛰어간다.

그런데, 박철종을 잡고 있던 놈들도 뛰어간 것이 문제였다.

물에 떨어져서 다행히 목뼈가 다치지 않았는지 거꾸로 박힌 채 고통스럽게 움직이고 있는 박철종.

"영감! 죽어!"

근처에 있는 장국순을 향해 이단 옆차기를 날린다.

물론, 아직까지 저 늙은이를 죽일 생각은 없다.

다만 드럼통을 차기 위한 동작일 뿐이었다.

꽝!

드럼통이 쓰러지며 물이 바닥에 퍼졌고, 박철종이 콜록거리는 목소리가 들린다.

다시 영감을 돌아보려는 순간, 뒷통수가 따끔거린다.

머리를 숙이자 쇠파이프가 끝을 스치며 지나간다. 약간 구부린 몸을 180도 돌리며 무작정 도끼를 휘두른다.

픽!

"크아아~"

갈비뼈 사이에 박히는 도끼의 느낌이 너무나도 생생하다.

"이얍!"

그것도 잠시 일본도를 든 놈이 날 대각으로 날 베어온다.

살짝 몸을 뒤로 띄우며 왼손으로 놈의 팔을 밑으로 눌렀다.

땅에 박히는 일본도.

더 이상 손도끼가 없었기에 선도술을 사용했다.

선도술은 공수가 동시에 이루어지는 무술.

놈이 다시 발악적으로 치켜드는 팔을 다시 아래로 누르고 오른 주먹을 놈의 턱에 꽂았다.

오른 주먹을 뒤로 빼며 다시 왼손 팔꿈치가 호선을 그리며 목에.

그리고 다시 오른손이 복부에.

파파파파팍!

순식간에 7~8번의 공격이 놈에게 박힌다.

무너지는 놈의 뒤쪽으로 패거리가 싸우는 모습이 보인다.

이미 서무식의 부하들은 2~3명 정도밖에 남아 있지 않았다.

미안한 감정 따윈 없었다.

이제 서무식도 저들의 뒤를 따를 테니까.

난 놈들을 향해 몸을 날렸다. 이미 승패는 상관이 없었다.

위험한 순간이라면 내 몸으로 점핑을 할 테고 다시 박철종에게로 점핑해 오면 된다.

난 선도법을 행하며 눈앞에 적에게 선도술의 8식을 펼치다.

8식은 날아오는 팔을 꺾어 못 쓰게 만드는 기술과 이후 2연타가 가능한 동작이었다.

뿌득!

찔러오던 사시미를 든 손을 내 팔을 지렛대 삼아 부러뜨리고 2연타.

"악~~"

"시끄러!"

마치 샌드백을 두드리는 기분으로 선도술을 펼친다.

주먹으로 얼굴을 때리다 보니 서무식의 손은 이미 엉망진창. 뼈까지 보인다.

휭! 붕! 쉭!

2~3명 있던 부하도 이미 쓰러졌고, 나머지 10여 명의 인원이 나에게 무기를 휘두르는 소리만 들어도 모골이 송연하다.

하지만, 난 이미 싸움에 빠져 있었다.

오로지 날 공격해 오는 무기들과 공격해야 할 대상만 느껴졌다.

이빨이 하늘을 나르고 갈비뼈 부러지는 느낌이 주먹으로 전해져 온다.

이게 무협에서 말하는 무아지경이라는 걸까?

하나둘 쓰러져 가는 적들.

나라고 무사하진 않았다.

칼에 베여 피를 흘렸고, 쇠파이프에, 야구방망이에 맞아 팔이 퉁퉁 붓고 온몸이 아팠다.

하지만 즐거웠다.

언제 이렇게 싸워볼 일이 있겠는가?

"커억!"

아래에서 위로 올라오는 팔꿈치에 턱을 맞은 녀석이 비명 소리와 함께 스르르 쓰러진다.

"끝인가?"

더 이상 신경을 자극하는 살기도 적의 기척도 느껴지지 않는다.

젠장, 원래 목적은 저들에게 적당히 맞다가 장국순에게 점핑하는 거였는데 오버했나 보다.

탕!

창고를 쩌렁쩌렁하게 울리는 총소리.

아까 분명 날 총으로 쏘려고 했던 놈이 있었다는 것도 기억을 못하고 있었다니.

"큭큭! 그렇게 떨어서 맞히기나 할 수 있겠어?"

말은 비록 그렇게 했지만 아무리 권총이 명중률이 낮다고
해도, 아무리 장국순이 손을 떨고 있다고 해도 한 방에 죽
을 수 있는 일이라 긴장할 수밖에 없었다.

"서, 서무식! 도대체 이게 무슨 짓이냐?"

저 표정은 분노? 아님 두려움?

"글쎄? 아마 서무식도 모를 거야?"

"……무, 무슨 말이지?"

"난 서무식이 아니거든. 난……."

정신 이동자다!

앞으로 뛰어가면서 바로 장국순에게 점핑했다.

탕탕!

그리고 들리는 총소리.

근데, '정신 이동자다.' 라니…….

마치 '정신병자다' 하는 것과 비슷하잖아!

피를 흘리며 쓰러지는 서무식이 눈에 보인다.

난 장국순이 되었다.

◆　　◆　　◆

특수마약전담반(특마반)의 김성우 검사는 처음 보는 번호
로 온 한 통의 전화를 받았다.

"여보세요?"

―…….

"여보세요? 말씀하세요."

—⋯⋯.

간혹 자신에게도 검찰청을 사칭하며 보이스피싱 전화가
올 때도 있었기에 전화를 끊으려고 했다.

—회장님. ⋯⋯그냥 박. 철. 종.을 처리해 버리시죠?

—기다려. 놈에게 보여줄 것이⋯⋯.

잘 들리지는 않았지만 흑룡파에 위장 잠입시킨 박철종의
얘기가 들렸기에 일순 얼굴이 딱딱하게 굳는 그였다.

"석 형사! 지금 당장 내 핸드폰으로 온 전화 추적하고,
경찰특공대에게 출발 준비하라고 해!"

일을 하던 석중일 형사는 김성우 검사의 말에 어리둥절한
표정을 지었다.

"무슨 일 있습니까?"

"지금 박철종이 죽기 직전이야. 빨리!"

"네? 예예!"

김성우 검사도, 석중일 형사도, 특마반에 있던 다른 동료
들도 상황 판단이 빨랐다.

각자 무기를 준비하고 출동하기까지 긴 시간이 필요하지
않았다.

"파악됐습니다! 경기도의 남양주에 있는 오래된 폐공장
부근입니다."

"경찰특공대는 바로 헬기로 그쪽으로 가겠다고 합니다."

검찰청에 준비된 헬기에 몸을 실은 특마반은 스피커폰으
로 상황을 들으면서 빠르게 사건 현장으로 향했다.

—놈을 죽여! 이 새끼들아! 저놈이 끄나풀이라고!

─웃기지 마! 이 미친 새끼! 끄나풀을 찾으려고 하면서 날 제거할 생각이었다는 걸 내가 모를 줄 알아? 너희들은 나를 믿나? 저 영감탱이의 말을 믿는 건가?

전화로 듣는 사건 현장의 상황은 이상하게 돌아가고 있었다.

"흑룡파에서 내분이 일어난 것 같은데요."

석중일은 내용을 듣고 판단한 것을 조심스럽게 말한다.

"그딴 건 상관없어. 지금 박철종과 그의 아내가 무사하느냐가 가장 중요한 거니까."

김성우 검사는 무거운 표정으로 그들의 안위에 관련된 내용이 나올까 귀를 기울인다.

싸우는 소리가 갈수록 심해진다.

비명 소리와 무기 부딪치는 소리만 헬기 안을 채운다.

그럴수록 특마반의 표정은 어두워진다.

"얼마나 남았나?"

"5분이면 도착합니다."

"빨리! 더 빨리 가란 말이야!"

"최, 최고 속도입니다."

김성우 검사의 목소리에는 다급함과 짜증스러움이 잔뜩 묻어 있었다.

물론, 그의 그러한 심정을 충분히 이해하기에 헬기 조종사는 전속력으로 헬기를 몰고 있었다.

탕!

"초, 총소리입니다."

석중일은 혼잣말처럼 중얼거린다.

"도착 1분 전. 준비하십시오."

"경찰특공대는?"

"2분 거리에 있답니다."

"일단, 우리가 먼저 들어간다. 모두 소지한 무기를 점검하도록. 박철종과 그의 아내의 안위를 가장 우선으로 한다."

모두들 긴장한 표정으로 품 안에 있던 권총을 꺼내 점검한다.

"반항하면 무조건 발포를 허락한다. 모두 조심하도록."

"예!"

탕! 탕!

간헐적으로 들리는 총소리.

헬기는 폐창고의 앞마당에 착륙한다.

"몇 명이 공장 안으로 들어갑니다!"

"서둘러!"

김성우 검사와 특마반은 총을 들고 헬기에서 내리며 재빨리 창고로 향한다.

탕! 탕! 탕!

이제 핸드폰이 아닌 실제로 총소리가 창고 안에서 들려온다.

특마반은 일제히 창고의 문 한쪽으로 비켜서서 수신호를 보낸다.

석중일은 자신이 먼저 들어가겠다고 수신호를 보낸 뒤 조심스럽게 창고 안으로 들어간다.

"……!"

김성우 검사는 창고 안으로 들어가자마자 보이는 쓰러진 사람들의 모습에 일순 놀랐지만 무시하고 안으로 들어갔다.

"꼼짝 마! 움직이며 쏜다!"

가장 먼저 들어간 석중일 형사의 목소리가 들렸다.

"후~ 이제야 도착을 한 건가?"

알 수 없는 말을 중얼거리는 장국순이 총을 들고 서 있다.

부하 직원들이 말리는 걸 물리치고 김성우 검사는 총을 그에게 겨눈 채 물었다.

"박철종과 아내는 어떻게 되었나?"

"그들은 무사해."

김성우 검사는 장국순의 말에 십년감수한다는 말의 의미를 알 수 있었다.

"총 버려!"

"글쎄? 법으로 나 장국순을 심판할 수 있을까?"

김성우 검사가 보기에 그는 이상하다는 생각이 들었다.

장국순은 무척이나 냉철한 인간이었다.

어떤 범죄에도 관여한 흔적을 남기는 법이 없었고, 설령 있다고 해도 경찰이 그 흔적을 찾아내기 전에 없애 버리는 악마 같은 놈이었다.

"난 이제 가야겠어."

장국순은 자신의 머리에 총을 겨눈다.

"장국순! 총을 버……."

탕!

총소리와 함께 장국순의 한쪽 머리가 터져 나간다.

김성우 검사는 분명 보았다.

침착하게 자신의 머리를 향해 방아쇠를 당기던 그가 마지막 순간에 의아한 표정을 짓는 것을.

"검사님! 박철종 부부는 무사합니다."

김성우 검사가 느끼는 몇 가지 의문은 특마반 동료들에게 부축을 받으면서 오는 박철종과 그의 아내를 보며 사라졌다.

의아해하는 표정으로 죽어 있는 장국순을 바라보며 그의 말이 김성우 검사의 머리를 맴돈다.

'법으로 나 장국순을 심판할 수 있을까?'

그의 말이 맞았다.

법으로 심판을 하려고 했다면 지루한 법정 다툼과 함께 외압이 많았을 것이다.

그리고 장국순은 무죄 판결을 받고 유유히 경찰을 빠져나갔을 터.

차라리 지금 상황이 더 좋았다.

뒤처리가 비록 골치 아프겠지만 그들을 법으로 심판하려 할 때 받는 스트레스에 비하면 새 발의 피였다.

"검사님! 잔당들에 대한 정보를 박철종 형사가 말하고 있습니다. 사건이 알려지기 전에 서두르시는 게……."

"참, 박 형사도 어지간하군. 지금 정신도 없을 텐데."

"그러게 말입니다. 하하!"

"그래! 일망타진해 보자고."

김성우 검사는 다시 바쁘게 움직이기 시작했다.

아직 그가 잡아야 하는 범죄자들 많았다.

◆　　◆　　◆

"아내의 상태는 어떻습니까?"

"글쎄요. 지금으로서는 지속적인 정신과 진료를 받을 수밖에 없습니다. 약의 도움이라도 받으면 괜찮겠지만 임신 상태인지라 그럴 수도 없군요."

환자복을 입은 박철종은 의사에 말에 굳어진 표정이 펴질 줄을 모른다.

"최면 치료는?"

"최면 치료도 정신이 거부하고 있습니다. 아무래도 사고의 충격이 너무 컸나 봅니다."

"다른 방법이 없다는 말씀인가요?"

"심리적 안정을 취할 수 있는 음악이나 평소 좋아하는 뜨개질을 하면 차츰 증세가 호전될 수 있을 겁니다. 아직 검사도 다 끝나지 않았으니 좀 더 지켜보는 수밖에 없을 것 같군요."

"네……."

상담실을 나오면서 박철종은 한숨을 길게 내쉰다.

"휴우~"

자신도 그날의 악몽을 꾸면서 잠을 못 잤지만 그의 아내는 정도가 심했다.

아이의 건강을 위해 억지로 음식을 섭취하고는 있지만 곧

토해 버리기 일쑤였고, 밤에는 잠도 못 자고 있었다.

단 며칠 사이에 비쩍 마른 그녀를 보고 있자니 가슴이 답답함에 병실에 누워 있을 수가 없었다.

똑똑!

노크를 하고 아내가 있는 병실로 들어갔더니 가만히 누워 자고 있는 모습이 보인다.

혹시나 깰까 봐 조용히 다가가 손을 꼭 잡는다.

이런 식으로 잠깐 잠들었다가도 악몽을 꾸고 일어나 헛구역질과 함께 미친 듯이 고함을 지르는 그녀를 볼 때면 그의 억장이 무너졌다.

"미안해."

마른 아내의 모습을 보며 낮게 중얼거리는 그의 목소리는 젖어 있었다.

"으응? 내가 잠든 모양이네. 언제 왔어요?"

"깼어? 좀 괜찮아?"

"네, 괜찮아요."

환한 얼굴로 괜찮다고 말하는 그녀의 모습에 박철종의 마음도 한결 가볍다.

"그런데, 왜 이리 배가 고프죠?"

"배고파? 바나나라도 줄까?"

"네."

자고 일어나더니 기분이 좋아졌나 보다고 생각한 그는 바나나를 갖다줬다.

"더 주세요."

"응, 그래!"

순식간에 하나를 먹어 치운 아내는 다시 먹을 걸 찾는다. 한참을 이것저것 먹는 아내의 모습에 조금 걱정스러운 그가 물었다.

"괜찮겠어?"

"뭐가요?"

"또 구토할까 봐. 괜찮으면 됐고."

"호호, 싱겁긴."

아내가 좀 이상하다는 생각을 하다가 문득 강한 정신적 충격 때문에 그 기억을 하지 못하는 경우가 있다는 얘기가 생각이 났다.

"혹시, 당신 그날 일 생각나?"

"그날이라니요?"

"왜 나랑 같이 납치되던……."

말을 하려다 급히 입을 다물었다.

잊은 기억을 다시 상기시킬 필요는 없다는 생각에서였다.

"어머! 그랬었어요? 당신 정말 형사일 그만둬야 하는 거 아니에요?"

"이번에 그렇지 않아도 행정직으로 들어가게 됐어."

잠시 그 문제로 티격태격거려야 했지만 곧 아내가 엉뚱한 소리를 하며 지나갈 수 있었다.

"응? 그러고 보니 제가 왜 입원을 해 있는 거죠?"

박철종은 아내의 말에 하늘에 감사했다.

정말 기억을 잊어버린 것이다.

자신이 왜 입원했는지조차 기억을 못하는 그녀는 연신 감사하다며 우는 남편의 행동에 이해를 못했다.

그리고 그녀의 머릿속에 떠오르는 한 가지 사실.

"참! 숨겨놓은 돈이 잘 있는지 모르겠네요."

"응? 그건 무슨 말이야? 당신이 무슨 돈이 있었어?"

그녀의 집안은 그렇게 넉넉한 집안이 아니었고, 그녀 또한 젊었을 때 경리직으로 한동안 일한 게 다였다.

"있었어요. 아주 오래전부터 가지고 있었는데요. 분명 기억나요. 혹 도둑이 들까봐 제가 묻어둔 걸요."

아내의 갑작스런 이상한 행동에 어리둥절했지만 나쁜 기억을 잊은 것만으로도 행복했기에 동조하기로 했다.

"어디에 숨겨뒀는데?"

"집 앞 화단에요."

비상금이라도 숨겼나 보다 생각한 박철종은 그냥 웃으며 넘어갔다.

그리고 며칠 뒤 그들은 퇴원을 하고 화단을 팠고, 로또에 당첨되는 기분을 맛보았다.

7.
안녕, 수란!

　요즘 TV를 장악한 건 역시나 연예계의 마약 사건.

　하루가 멀다 하고 연예인들이 TV에 나와 자신의 경솔함에 대해 반성을 하며 검찰에 들어가는 모습을 바라보는 것도 곤욕이었다.

　물론, 내가 저지른 일이라 약간 찔리는 마음이 있어서인지도 몰랐다.

　"승호야, 빅뉴스다, 빅뉴스!"

　"뭔데 그렇게 호들갑이에요?"

　"황지운이 마약 사건으로 검찰 조사를 받는단다."

　"그래서요?"

　"놀랍지 않냐? 황지운이라고, 톱스타 황지운."

　전혀 놀랍지 않다.

그 명단을 작성한 사람이 나였으니까.

쓸데없이 욱하는 성격이 나와서 벌린 일이지만 결론을 놓고 보자면 꽤 잘한 일이었다.

장국순의 알려진 재산이야 나라에 귀속되겠지만 비자금으로 숨겨둔 돈은 내가 꿀꺽했다.

고생한 대가라 생각하니 마음에 꺼릴 바는 없었다.

그중 일부를 고생한 박철종의 집 앞에 있는 화단에다가 숨겨뒀다.

동수 형은 계속 옆에서 이번 사건에 대해 퍼진 여러 소문에 대해서 말을 한다.

"형, 그건 됐고. 오늘 스케줄은 어떻게 돼?"

"응, 영화 홍보를 위해 공중파 TV 3군데, 케이블 방송 4군데, 잡지사 2군데 인터뷰가 있어."

많기도 많다.

오늘 하루는 인터뷰하면서 다 보내게 생겼다.

─내가 가고자 하는 곳은∼ 당신의 마음인데∼ ♬ 제발 그 문을 닫지 말아요 ♪

"예, 사장님!"

그래도 매니저라고 내 노래를 전화벨로 지정을 해둔 동수 형.

"예, 예. 아∼ 예. 알겠습니다."

"뭐래요?"

전화를 끊는 동수 형의 얼굴을 보니 꽤 좋아하는 표정이다.

"광고 때문에 사무실에 인터뷰 끝나고 들르라는데."

"무슨 광고요?"

"왜, 황지운이 하던 광고 있잖아? 아무래도 황지운이 마약을 실제로 했나 봐. 그래서 그 회사에서 모델을 교체할 생각인데 널 일단 보고 싶대."

간혹 착한 일은 해줘야 할 모양이다.

비록 죽을 뻔했지만 선도법 2단계의 피부호흡도 해결했고, 엄청난 비자금에, 광고까지 들어오다니.

"근데, 형이 왜 좋아해요?"

오히려 나보다 더 좋아하는 그의 모습에 물었다.

"무슨 소리야? 내가 관리하는 사람이 잘되면 나도 좋은 거지."

훗! 간만에 기특한 소리를.

"사장님이 월급 올려준데요?"

"으, 응? 그렇다고는 하는데 얼마나 올려주겠어?"

월급이 오른다는 말에 그가 기뻐하는 마음을 잘 알고 있다.

공장에서 일할 때 1년간 일하고 성실함을 인정받아 10만 원이 올랐을 때 얼마나 기뻐했던가.

"축하해요. 그리고 형한테 제가 주는 돈은 안 깎을 테니 걱정 말고요."

"그런 걱정 안 했어."

안 하긴 얼굴에 다 나타나 있고만.

"이제 슬슬 움직여 볼까요?"

"그래, 먼저 나가서 준비할 게 나와."

다시 바쁜 하루의 시작이다.

난 일어나 코디인 숙희 누나가 구해온 옷을 입었다.

오전부터 신나게 카메라 세례를 받고 인터뷰를 마친 난 사무실로 향했다.

"안녕하세요!"

"응, 미정아. TV에서 잘 보고 있어."

"안녕하세요!"

"응, 아이덴티 너희들 얼마 있으면 데뷔지? 잘해. 참 먹을거리 사다놨으니까 내려가서 먹어."

난 일일이 인사를 받아주었다.

내가 가장 자주 보는 기억 베스트 1위에 속하는 사장의 기억이다 보니 자연스레 그들의 이름과 활동 영역을 꿰고 있었다.

사장을 보러 가면서도 마치 '비디오 대여점에 무슨 야한 영화가 나왔을까?' 하는 마음으로 가고 있었다.

사장실에서 이귀자 선생님이 나오신다.

"선생님, 안녕하셨어요. 지난번 신선문 선생님 일 감사드려요."

"응, 승호구나. 내가 뭘 한 게 있다고."

"아니에요. 선생님이 한 말씀해 주셔서 얼마나 도움이 되었는지 몰라요."

"호호! 그렇게 말해주니 기쁘다. 앞으로 나도 잘 부탁해."

"별말씀을요. 오늘은 촬영이 없으신가 봐요?"

"응, 드라마 끝나고 다음 드라마 찾고 있거든."

"그러시구나."

"신 사장이 널 기다리고 있더라. 들어가 봐라."

"예, 선생님 다음에 뵐게요."

난 이귀자 선생님에게 인사를 드리고 사장실로 들어갔다.

"어서 와. 몸은 괜찮고?"

"그냥저냥요."

"간혹 쓰러진다며? 병원엔 안 가봐도 되는 거야?"

"며칠 전에 갔다 왔어요. 앞으로 한 달에 한 번은 오라고 하더라고요."

이런저런 얘기를 하며 점핑 타이밍을 노렸다.

한데, 비서가 차를 갖다주러 와서는 좀처럼 밖으로 나가지 않는다.

"너한테 몇 가지 할 얘기가 있어서 불렀다."

"광고 얘기라면 들었어요."

"그것도 있고…… 다른 것도 있다."

"말씀하세요."

신현국 사장 스타일은 시원시원하다.

그런데 말하는 걸 망설이는 걸 보니 내용이 궁금하다.

"연채를 이번에 나오는 아이돌그룹에 넣고 싶은데 네 생각은 어떠냐?"

"에? 연채를요?"

깜짝 놀랐다.

연채는 물론 부모님에게도 한마디 듣지 못한 말을 들었느니 그럴 수밖에.

"그래. 너 병문안 갔다 오고 난 뒤에 얼마 안 돼서 찾아왔더라. 연예인 해 보고 싶다고."

"……."

"그래서, 허락했다. 그 애가 데뷔 전까지 비밀로 해달라고 부탁해서 지금에서야 말하는 거다."

약간 괘씸한 생각도 들었지만 그 아이에겐 그 아이의 삶이라는 것이 있으니까.

하지만 사장이 이렇게 말하는 것은 내 동생이라는 점을 부각시켜 마케팅을 시작하려는 생각이 있다는 소리다.

"알았어요."

"그래? 네 이름이 거론이 될 텐데 괜찮아?"

"뭐, 동생이 한다는데 뭐라고 하겠어요. 괜히 제 덕 본다는 얘기가 나올까 봐 걱정이네요."

"그거야 내가 알아서 할게."

"대신!"

난 한마디를 덧붙였다. 그리고 잠깐 틈을 준 후 강하게 말했다.

"건드리면 재미없습니다."

"내가 절대로 맹세한다. 절대 그런 일 없을 거다. 걔네들은 세계적인 그룹으로 키울 생각이니까 걱정 마라."

신현국 사장을 믿지는 않는다.

그도 결국 사업하는 사람. 하지만, 일단은 믿어보기로 했다.

비서도 나가서 점핑을 할까 했지만 동생과 관련된 일이 보일까 차마 지금은 점핑을 할 수가 없었다.

물론 내 믿음을 배신했을 땐 마지막 장면으로 옥상에서 보도블록으로 떨어지는 자신을 보게 될 것이다.

"연채에게 잘하라고 전해주세요. 필요하면 제가 옆에서 지원할게요."

"그럼, 좋지!"

자식 이기는 부모 없다는 말을 새삼 느끼게 된다.

"다른 건요?"

"이번에 너 앞으로 들어온 드라마들인데 한 번 봐라."

"영화 촬영 끝낸 지 얼마나 됐다고, 너무 부려먹는 거 아닙니까?"

말은 그렇게 했지만 난 그가 건네는 몇 개의 대본을 잡는다.

드라마 찍는 게 영화보다 힘들다고는 하지만 한 편에 돈이 얼만데 거절할까.

맨 앞에 있는 대본은 '천국의 신화'라는 타이틀이었고 앞에 감독, 작가 이름과 함께 투자사와 제작사가 적혀 있다.

"어? 천호준 감독님이 GBC에서 나왔어요?"

천호준 감독은 내가 처음 출연한 드라마의 연출을 맡은 이였다.

"응. 이번에 블루나이트 제작사로 스카우트됐어."

블루나이트라면 신현국 사장의 기억에서 본 적이 있었다.

신현국 사장이 사업 확장을 하면서 투자한 회사였다.

제작사가 돈을 번다라고 할 수는 없지만 신현국 사장은 스타를 데리고 있는 엔터테인먼트 회사를 소유하고 있으니 시너지 효과(상승 효과)가 있을 것이다.

속셈이 훤히 보였지만 어차피 선택권은 나에게 있으니 상관없다.

"한번 살펴볼게요."

"가급적 천국의 신화에 무게를 둬주면 좋겠다."

"제가 상관할 바는 아니지만 투자사와 방송 편성은 받으셨어요?"

드라마를 찍는다고 해서 무작정 찍을 수 없다.

일단, 제작비가 있어야 한다.

방송국에서 주는 편당 2~3억으론 개런티조차 줄 수 없다.

그러니 당연히 투자사가 있어야 한다.

이런 투자사를 모으기 위해 필요한 것이 드라마 속의 PPL(간접광고)이다.

투자사를 모았다고 해도 필요한 것이 방송 3사에서 시간 편성을 받아야 한다.

가장 편하게 투자사와 방송 편성을 받기 위한 방법이 스타라는 존재였다.

또한 이때 각종 로비가 판을 치게 된다.

신생 엔터테인먼트는 투자사에 연예인을 대고 그 연예인들이 투자사와 방송 편성을 위해 로비를 하게 되는 것이다.

"응."

"그럼, 잘되셨네요. 긍정적으로 검토해 볼게요."

"그래 주면 고맙고. 또 한 가지는 이번에 앨범 한 장 내자."

"컥! 정말 작정을 하셨군요. 드라마는 어쩌고요?"

"어차피 3달 정도 뒤에나 촬영 시작하잖아."

계약금을 괜히 많이 주는 게 아니었다.

아주 쪽쪽 빨아먹으려고 작정을 한 듯하다.

물론, 계약상 앨범을 2장 내야 한다는 조건도 있었으니 거부할 수는 없었다.

하지만 괜한 심통을 부려본다.

"드라마 끝나고 몸 상태 봐서 내는 게 좋지 않겠어요?"

"내 생각이 그렇다면……."

'어라? 이 인간이 웬일이지?'

신현국 사장은 철저한 장사꾼이다.

그런데, 내 몸 생각을 해준다니 의심이 드는 건 당연지사.

"대신 이번에 들어온 광고를 거절하지 않으면 그렇게 해도 돼."

내가 왜 광고를 거절할 거라고 생각하지? 설마?

"스폰이 붙은 거예요?"

고개를 끄덕이는 그를 보고 어이가 없었다.

스폰은 남녀가 따로 없다.

세상에 돈 많은 남자만 있는 것은 아니다. 돈 많은 여자들도 많다.

그리고 돈 많은 남자가 꼭 여자만 찾는 법도 없다.

하지만, 이미 윤승호처럼 톱스타라고 불릴 정도의 스타에게는 극히 드문 경우다.

"네가 생각하는 그런 게 아냐. 그냥 식사와 데이트 정도만 원하는 거야."

내가 인상을 쓰고 있자 급히 말을 덧붙인다.

"업계 최고 대우, 광고 2편, 각 편당 1년 계약에 10억, 스폰 금액은 결정 나면 너에게 말해준데."

머리가 파바박 돌아간다.

황지운이 맡고 있던 광고와 방금 전 드라마의 투자사가 스쳐 지나간다.

"거기에 드라마 투자까지."

"으, 응. 그거야 뭐……."

"됐습니다. 그냥 앨범 내죠. 그리고 못 들은 걸로 하겠습니다."

돈은 나도 많다.

비록 정당하게 번 건 아니지만 평생 먹고 사는 데 지장이 없다.

"……싫다면 어쩔 수 없지."

도대체 무슨 제안을 받았기에 저토록 실망스러운 표정을 짓는단 말인가?

난 결국 그에게 점핑했다.

"승호야! 연습생 중에……."

이놈이고 저놈이고 답답하게 왜 말을 질질 끄는지.

"알아요. 연채가 있다는 거죠?"

"너 알고 있었냐?"

"방금 전에 듣고 왔어요. 몇 층에 있어요?"

"지하 연습장에 지금 댄스 연습 중이야."

신 사장의 기억을 훑어본 결과 특별한 건 없었다.

다만, 스폰을 제안한 기업에서 제작사에 공동 투자를 약속한다는 정도였을 뿐이다.

물론, 그의 입장에서는 주식 가격 상승으로 엄청난 이익을 보겠지만 말이다.

그냥 비디오(?) 몇 편 얻을 걸로 만족하고 연채가 있는 연습실로 향했다.

처음 듣는 신나는 댄스 음악에 맞춰 춤을 추는 아이들.

그중에 연채가 눈에 띈다.

저들의 나이를 생각하면 다소 민망한 동작들이 많이 포함된 안무이다.

남자가 보기에는 아주 훌륭한 춤이지만 오빠가 보기엔 다소 민망한 춤.

잠시 넋을 잃고 바라본다.

"스탑! 연채 너 왜 그러니? 정신이 완전히 딴 데 가 있잖아? 첫 방송이 며칠이나 남았다고 이러니? 정신 안 차릴래?"

"예! 언니."

내 앞에선 뺀질뺀질 말도 어지간히 안 듣는 연채가 댄스 트레이너의 말에는 고분고분하다.

신 사장의 기억에서 난 연채가 연예인이 되고 싶다고 찾아온 모습도 봤었다.

앞으론 자신이 오빠를 돌보아야 한다며 당차게 말하던 연채.

그런 그녀를 앞에 두고 몸매를 훑어보기에 여념이 없던 신 사장.

1인칭 시점이었기에 나도 본의 아니게 그렇게 훑어보게 되었지만 점핑으로 돌아오기 전 사타구니에 주먹 한 방을 꽂아주는 걸 잊지 않았다.

"어? 승호 아니냐?"

"안녕하세요, 송욱이 형."

"연채 보러 왔구나?"

"예. 오늘에야 알았거든요."

HK엔터테인먼트의 총 안무를 맡고 있는 백송욱은 댄스 계에선 알아주는 형이었다.

"들어와."

"아니에요. 그냥 구경하다가 갈게요."

하지만 이미 내 말은 듣지도 않고 연습실로 들어간다.

"체리야, 애들 잠깐 쉬게 해라."

뻘쭘하게 만드는 재주가 있다.

그의 고갯짓에 시선은 일제히 나를 향한다.

체리라는 댄스 트레이너도 날 알아봤는지 꾸벅 인사를 하더니 휴식 시간을 준다.

"오빠, 왔어?"

"응. 말이라도 하지 그랬나?"

"오빠가 별로 좋아하지 않았잖아."

"그랬었나? 어쨌든 시작한 일이니 힘들더라도 열심히 해."

몇 가지 충고를 해주고 싶었지만 속으로 삼켰다.

"응! 내가 돈 벌면 아빠, 엄마보다 오빠한테 먼저 선물할게."

"됐네요. 용돈만 안 받아가도 충분해."

"이러지 마셔. 이래 봬도 벌써 광고 계약도 준비 중인 걸. 나중에 나한테 용돈 달라고나 하지 마."

"그건……."

"우리 다섯 명이 같이 찍기로 했는데 다들 부모님께 가장 먼저 선물을 한다고 했는데 나만 오빠한테 먼저 하는 거라고."

차마 그 광고 건은 안 될 거란 얘기는 할 수가 없었다.

본의 아니게 신 사장의 기억을 읽으며 다른 멤버들의 프로필까지 확인했고, 다섯 명 중 한 명이 장애인 부모님을 두고 있다는 사실까지도 알았다.

"그래, 고맙다. 연습해. 난 가봐야겠다."

"응!"

난 가볍게 그녀의 머리를 쓰다듬어 주곤 체리와 백송욱에게 인사를 하고 밖으로 나왔다.

'김희수라…….'

신 사장과 광고 건과 투자 건을 얘기하던 여자가 떠오른다. 그 여자 꽤나 머리가 좋은 모양이다.

이리저리 이중, 삼중으로 빠져나가지 못할 구멍을 만들어 놓다니.

하지만 쉽게 그 스폰이라는 함정에 빠져 줄 생각은 없다.

◆　　◆　　◆

　　내 육체를 찾는 일은 돌파구가 보이지 않고 있다.

　　선도법의 3단계든 2단계든 도대체 연결이 되어야 사용을
하지 연결 자체가 되지 않는 상황에서는 헛일에 불과했다.

　　윤승호의 삶이 재미가 있다면 병원으로 돌아와서는 온통
고민뿐이다.

　　내 육체를 찾는 일, 이지원을 어떻게 해야 할지에 대한
고민.

　　특히나, 이지원은 갈수록 말라가며 내 육체를 닮아가고
있어서 보는 게 안쓰러울 지경이다.

　　결론도 나지 않는 일은 잠시 미뤄두고 오늘은 민수린, 민
수란을 하나로 만드는 일을 해 볼 참이다.

　　지금쯤 그녀가 자고 있을 시간, 난 민수린에게 원거리 점
핑을 했다.

　　이질감이 느껴지고 바로 따뜻함이 느껴진다.

　　'설마? 아직 잠을 자지 않고 있는 건……'

　　쏴아아! 쏴아아!

　　눈을 뜨다가 뜨거운 물줄기에 다시 눈을 감는다.

　　민수린은 한참 샤워 중이었다. 참 곤란한 상황이다. 하지
만, 마저 씻어야 하지 않겠는가?

　　다시 샤워코롱을 온몸에 발라 구석구석 씻은 후 꼼꼼히
수건으로 물기를 닦았다.

'이런, 몸이 너무 건조하잖아!'

오일까지 촉촉이 바른 후 옷을 입고 침대에 몸을 눕혔다.

난 결코 변태가 아니다.

그냥 씻지 않고 침대에 누우면 민수린이 찜찜해 할 것 같았기에 최대한 배려를 한 것뿐이다.

'잡귀! 좋더냐?'

'무, 무슨 소리야.'

'홋! 샤워코롱은 이미 했었거든.'

정신세계에 들어가자마자 민수란이 공격적으로 나온다.

'무슨! 몸에 때가 있는 것 같아서 다시 한 번 한 것뿐이라고.'

'알았어, 알았어. 만일 내가 샤워했을 때 들어왔으면 넌 죽음이었을 거야.'

어차피 기억도 못할 거면서 입만 살아서는.

'오늘은 무슨 일이지?'

'이제 막을 부셔야지.'

'잘도 그러겠다.'

난 그녀가 비꼬는 말을 무시한 채 그녀를 둘러싼 막을 만져 보았다.

내 예상이 맞았다.

몇 번을 확인하러 왔었는데 그때마다 막이 점점 약해지는 걸 느꼈었다.

그리고 마침내 오늘은 딱딱하지 않고 말랑말랑한 상태에 이른 것이다.

'오늘이 마지막이 될 것 같은데 혹시 할 말 있어?'

난 자신감 넘치는 소리로 민수란에게 말했다.

그녀가 사라지는 것에 대한 마지막 배려라고 할까?

'지난번에도 그렇게 말하지 않았나, 잡귀?'

물론 지난번에도 그렇게 말하고 실패했다.

하지만 이번엔 다를 것이다.

'오늘은 진짜야! 내가 다치든 이 막이 깨지든 둘 중 하나는 오늘 이루어질 거라고.'

'그럼, 열심히 해 봐.'

참으로 힘없게 만드는 데는 소질이 있다. 더 이상 얘기했다가 막을 깨기도 전에 힘이 빠질 것 같았다.

선도법 4단계를 실시한다.

선도법 4단계는 내가 만든 단계이다.

2단계의 피부호흡법과 3단계의 백회호흡법(나름 만들어 봤다.)을 합친 단계였다.

처음엔 난 2, 3단계가 따로 떨어져 있다고 생각했다.

하지만 선도술을 행하며 그렇지 않다는 걸 알았다.

그때야 비로소 선도술 3단계를 완성할 수 있었다.

온 영체가 하얀 빛으로 덮였을 때 난 막을 타격하기 시작했다.

두웅~

지금까지완 다르게 막이 움푹 파였다가 원래대로 돌아온다.

난 영체의 몸으로 본격적으로 선도술을 펼친다.

막은 순식간에 여러 군데가 찌그러졌고 원상태로 돌아오

다 다시 찌그러졌다.

두두두두두두두!

영체로 선도술을 펼치는 것은 육체로 펼치는 것보다 쉬웠다.

1단계를 거쳐 2단계로 들어가자 마치 북을 두드리는 것과 비슷한 소리가 나며 한쪽으로 급속히 찌그러진다.

'야! 잡귀 이러다 나 죽이겠다!'

죽으면 더 좋고.

난 그녀의 말을 무시하며 선도술 3단계를 펼친다.

두우웅~ 두우웅~ 두우웅~

27식을 단 3번의 호흡으로 모두 펼치는 단계.

펼치는 내 손도 보이지 않을 정도의 속도였다.

선도술 4단계는 27식을 단 한 호흡에 끝마치는 단계이다.

하지만 그 단계에는 이르지 못한 나였기에 끊임없이 3단계를 펼친다.

'잡귀 너, 너……'

단면으로 원이었던 막의 모양이 마치 초승달처럼 변했는데도 좀처럼 깨지지 않는다. 그 안에 끼인 듯한 민수란은 말을 잇지 못한다.

얼마나 때렸을까?

내가 지금 뭘 하는지 조차도 잊어버릴 만큼 집중되어진 상태.

서서히 힘이 떨어져 간다.

난 빨아들이는 기와 남아 있는 기의 대부분을 손으로 모으기 시작했다.

그리고 마지막으로 선도술을 펼쳐 본다.

몇 단계 따위가 중요한 게 아니었다.

그냥 이번 한 방으로 안 되면 아예 막이 사라질 때까지 기다릴 생각이었다.

'망할! 사라져 버렷!'

펑!

내 염원이 통했을까?

막은 요란한 소리도 없이 풍선 터지는 소리와 함께 사라진다.

그리고 지금까지 찌그러져 있던 민수란의 영체가 공중에서 종이가 떨어져 내리듯 나풀거리며 떨어진다.

'서, 성공이다!'

난 막을 깨뜨렸다는 사실에 기뻐 팔짝팔짝 뛰었다.

'잡귀 네놈이 죽으려고 환장을 했구나? 감히 날 그토록 때리다니······.'

귀신처럼 스르륵 일어난 민수란은 날 죽일 듯이 바라본다.

'아, 아냐! 막을 깨뜨리기 위해 한 행동일 뿐이야.'

마치 귀신처럼 느껴지는 그녀의 얼굴에 난 급히 변명을 했다.

그런데, 가만.

뭔가를 잊은 것 같은데······

'으아~! 너 왜 사라지지 않는 거지?'

'너 바보야? 내가 제일 처음부터 말해줬잖아.'

'뭘 말해줬다는 거야? 이건 반칙이라고! 이건 있을 수 없

는 일이라고!'

'유언은 다했냐? 그럼 죽어…….'

'잠깐! 죽기 전에 말이라도 똑바로 해줘. 왜 사라지지 않는 거지?'

'이미 너도 알고 있잖아. 내가 말했지. 처음 내가 여기에 있었을 때는 막이 없었다고. 한데, 막이 없어졌다고 내가 민수린과 하나가 될 것 같아?'

쳇! 제일 중요한 말이었는데 그냥 지나치다니 정말이지 난 머리가 나쁜가 보다.

'한 가지만 더!'

'그놈 참 말이 많군. 좋아, 진짜 마지막이다. 뭐지?'

'넌 어떻게 생긴 거야? 혹시 엄마 뱃속에서 쌍둥이었는데 한 명이 죽어서, 뭐 그런 스토리인가?'

'소설을 써라. 나도 확실히 모르지만 수린의 엄마가 죽은 이후로 이렇게 된 것 같아. 그녀는 어른이 되길 원했어.'

뭐야? 그럼 수린이 자의식을 분리시켰단 말이야?

나의 경우도 있으니 아주 불가능한 말은 아닌 것 같다.

'이제 죽을 준비가 되셨나?'

'흥! 죽기는 누가 죽어. 내 실력을 봐놓고도 헛소리를 하는군.'

'오호! 그럼 시작해 볼까?'

정신세계에서 난 신(神)이다.

그녀도 물론 신이지만 경력으로 따진다면 내가 훨씬……!

'으아~ 그건 반칙이라고.'

'내가 막을 깨뜨리려고 노력한 게 몇 년인지 알아? 18년이 넘었다. 잡귀! 죽어!'

투투투투투투투!

내가 그녀를 너무 얕봤나 보다.

아주 기관총으로 갈기기 시작한다.

'훗! 제법 춤을 잘 추는데.'

맞히지는 않고 내가 날뛰는 게 만드는 민수란.

한참을 날뛰다가 '내가 뭘 하고 있지' 라는 생각이 든다.

'멈춰!'

총알이 내 앞에 날아오다가 멈춘다. 마치 영화 '매트릭스' 의 한 장면처럼.

'후훗! 이제부터 제대로 해 볼까?'

'멍청한 잡귀 주제에……. 이제야 싸울 맛이 나겠군.'

무협의 세계가 펼쳐진다. 판타지의 세계도, 현대전도, 그리고 우주전쟁까지.

하지만 결판은 나지 않는다.

정말이지, 아무런 의미 없는 싸움은 돌연 민수란의 영체가 희미해져 가며 끝이 났다.

'왜? 아무런 힘도 없는 거지?'

'휴~ 이제야 하나가 되나 보다.'

'그런 건가?'

'아마 그럴 걸. 어쨌든 그동안 고생 많았다. 행복하게 살길 바라.'

'훗! 넌 정말 바보구나.'

'이게 끝까지 바보라네. 도대체 뭐가 바보라는 거야?'

'나와 수린이 하나가 된다고 해서 과연 윤승호에 대한 나의 복수가 멈출까?'

'……'

'아마 반반의 확률일 걸.'

아~ 짜증이 확 밀려온다.

도대체 투명막만 깨뜨리면 된다는 생각은 누구에게서 나온 거야?

'기대하라고. 나를 기준으로 하나가 될지 수린을 기준으로 하나가 될지 말이야.'

'됐어! 됐어! 이제 지겨워. 아무래도 상관없어. 윤승호를 죽이든지 말든지 알아서 해!'

난 포기를 했다.

도대체 언제까지 저놈의 영혼에게 붙잡혀 있을 수 없다.

앞으로는 내 육체와 지원의 일만 생각하기로 했다.

어느새 점점 희미해져 가던 민수란의 영체는 곧 사라질 것 같다.

'이런, 네가 그런 말을 하니 복수할 맛이 안 나잖아. 어쨌든 즐거웠다, 잡귀!'

'잡귀가 아니라 떠돌이 영혼이라고 몇 번을 말해야 알아들어?'

미운 정이랄까?

갑자기 그녀가 사라진다는 생각을 하자 가슴이 한 켠이 아려온다.

'누가 날 당긴다. 잡귀, 두 번 다시 못 보겠지? 간혹 샤워할 때 들어와도 좋아.'

'누가! 누가……'

'이제 가야겠다. 안녕! 잡……귀…….'

'누가 너 따위의 몸매를…….'

말이 끝나기도 전에 사라져 버린 수란.

텅 빈 정신세계에 다시 나만 혼자 남게 되었다.

그녀 말대로 수린이 기준이 되든 수란이 기준이 되든 상관없다.

더 이상은 이 공간에 머물고 싶지 않았다.

난 텅 빈 공간에 하나의 빛나는 글자를 남겨놓고 내 육체로 돌아갔다.

네온사인처럼 깜박이는 글자는 수린의 정신세계를 밝히고 있었다.

안녕, 수란!

8.
피곤한 하루

"수고하셨습니다."

"승호 씨, 고생 많았어요."

"너 정말 예능감 죽이는데. 담에도 부탁해."

"2주 분량은 나올 것 같은데요. 허허허!"

선배 연기자, 선배 가수, 후배들에게까지 일일이 인사를 하는 것도 힘들다.

하지만 웃음 띤 표정을 지우지 않고 방송국 스태프들이 모인 곳으로 가 다시 인사를 한다.

"고생하셨습니다. 정 PD님."

"응, 오늘 좋았어! 혹시, 금요일 시간 있어?"

"아마 꽉 차 있을 걸요. 한동안 화장실 갈 시간도 없어요."

"하하! 바쁘면 좋지. 그나저나 요즘에 모습 보기 좋아."

"그렇게 봐주셔서 감사드려요."

"맞다. 동생도 가수로 데뷔한다면서 축하해."

"고생 시작이죠. 혹시 감독님도 보시면 귀엽게 봐주세요."

"허, 바쁘다면서 동생도 챙기는 거야? 그러지 말고 다음에 한 번 더 출연해 줘."

"매니저한테 연락하세요. 시간 비면 출연할게요."

"약속했다."

아이고, 많은 사람들의 기억들 중 재밌는 것을 각색해 내 경험인 양 얘기했더니 출연하는 예능 프로그램마다 난리다.

"다음은 어디예요?"

"지난번 의류 업체 광고의 여름 화보 촬영."

"그럼, 갈 동안 잠깐 눈 좀 붙일게요."

"그래. 도착하면 깨울게."

이제 영화 홍보를 겸해 출연한 예능 프로그램은 일단락되었다.

나로서는 '좌포청'에 대해 할 만큼 충분히 했기에 더 이상의 출연은 거부해 둔 상태였다.

또한, 지금은 이렇게 TV 출연이 급한 게 아니었다.

이지원의 문제를 해결할 방법을 생각해 냈다.

난 민수린이 수란을 만들어낸 과정을 생각해 나의 영체도 둘로 나눌 수 있지 않을까라는 생각을 했고 충분히 가능하다는 결론을 내렸다.

어제 처음으로 영체 분리에 성공했는데 완전한 내 모습은 아니었고 마치 조그만 빛 덩어리 모양이었다.

오전부터 바쁜 스케줄 때문에 다시 윤승호의 몸으로 돌아와야 했기에 당장에라도 이지원의 정신세계로 가 테스트를 해 보고 싶었다.

"승호야, 다 왔다."

'어라? 20분도 안 된 것 같은데?'

눈을 떠보니 방송국과 얼마 떨어지지 않은 곳이었다.

"뭐야, 촬영 장소가 여기였어?"

"응, 금방이지?"

해맑게도 웃는다.

요즘 내가 동수 형을 너무 풀어줬나 보다. 눈빛으로 죽일 듯이 쳐다보자 그제야 해맑게 웃던 웃음이 사라진다.

"키키키!"

"효진이 너도 웃지 마!"

헤어디자이너인 효진이 웃지 말라고 했는데도 뒷자리에서 큭큭거린다.

아무래도 긴장의 끈을 바짝 죌 시기가 도래했나 보다.

집으로 돌아오자마자 몸을 소파에 던졌다.

"우웅~"

푹신한 무언가에 기대고 있다는 것 자체가 행복한 나른함을 준다.

항상 선도법을 행하고 다니기에 몸이 피곤한 것은 아니었다.

아니, 몸은 기운이 펄펄 솟는다.

다만, 영체로 이 몸 저 몸을 옮겨 다니다 보니 잠을 자지 못해서 생기는 정신적 스트레스가 피곤하게 만든다.

소파 옆 테이블에 있는 팬들에게 보낼 카드가 눈에 보였지만 오늘은 건너뛰어야 할 모양이다.

잠깐 누워 있다가 이지원에게 점핑해 본격적으로 영체 분리 테스트를 해 봐야 한다.

딩동! 댕동!

잠깐 잠이 들었나 보다. 바뀐 벨소리에 후다닥 일어난다.

'한데 이 늦은 시간에 누구지?'

"누구…… 어? 천호준 감독님?"

─오랜만이다, 윤승호. 밖에 세워둘 거냐?

"아, 아뇨. 들어오세요."

문을 열자 약간의 삐죽거림도 없이 제 집인 양 들어와 소파에 앉는다.

그가 지나가자 술 냄새가 확 풍기는 것이 아무래도 한 잔하고 왔나보다.

"자고 있었냐?"

"아뇨, 소파에서 잠깐 졸았어요. 뭐 드릴까요?"

"음료수나 한 잔 주라."

비타민 음료를 꺼내 그에게 건네자 벌컥거리며 단숨에 마셔 버린다.

"이 늦은 시간에 무슨 일이세요? 혹시……."

"맞아, 그 문제 때문에 왔다."

김희수라고 했던가? 어지간히도 사람 피곤하게 만드는 여자군.

"그 문제라면……."

"승호야! 너 나 잘 알지? 난 방송국에 다니면서 그 흔한 접대 한 번 받아본 적 없다. 그리고 수많은 회사에서 건네는 돈 봉투도 받아 본 적도 별로 없었다."

원래의 윤승호는 그런 거 전혀 모른다.

윤승호의 기억 속에 있는 천호준 감독은 그냥 사람 좋은 감독이었을 뿐이다.

그나저나 돈 봉투는 좀 받았나 보다.

그 말할 때 눈이 흔들리는 걸 보면 말이다.

"알죠. 감독님처럼 좋으신 분이 어디 있어요."

이제 접대용 말이 습관적으로 나온다.

슬슬 연기가 아닌 실제가 되어간다는 느낌이다.

"그래, 지금 생각해 보니 그게 내 만족이었던 거야. 내가 청렴하다고 해도 방송국과 연예 회사, 심지어 집사람까지 은근히 깔보고 있었던 거지."

"설마요. 신 사장님이 감독님 스카우트한 걸 보면 다 그런 점을 좋게 봐서 아니겠어요?"

"아냐, 아냐! 신 사장을 제외하곤 다 그렇게 생각했던 거야. 그래서 큰 맘 먹었지. 돈을 벌자! 결국 세상일이란 돈을 얼마나 버느냐에 따라 대접을 받는 거더라."

"네~"

술을 먹어서인가? 참 수다스런 사람이다.

하지만 난 그와 눈을 맞추고 그의 말을 최선을 다해 들었다.

누군가의 말을 잘 듣는다는 건 그만큼 그 사람에게 인정을 받는다고 개인적으로 생각하기 때문이다.

"……그래서, 모든 걸 버리고 신 사장에게 왔어. 모든 게 잘 풀릴 줄 알았지. 시청률의 여왕이라는 박소연 작가와 호흡도 맞추게 됐고. 내가 볼 때 시나리오도 훌륭하더라. 너도 봤지?"

"예, 아주 재미있게 읽었습니다."

"한데, 내가 믿었던 놈이 갑자기 출연을 안 하겠다는 거야."

그놈이 날 지칭하는 말인가?

"그래, 그것도 좋다 이거야. 세상에 연기자가 어디 그놈 하나더냐고. 그래서 놈보다 훨씬 더 훌륭한 배우를 섭외를 했지."

'감독님, 듣는 놈 기분 나쁩니다.'

술주정하는 천 감독의 말에 속으로만 대답을 할 뿐 가만히 듣고 있다.

"그런데! 그런데 말이야. 이번엔 투자사에서 투자를 못하겠다고 나자빠지는 거야."

"곧 좋은 투자사가 나타날 거예요."

"무슨 인생이 이렇게 꼬이는지 모르겠다. 휴~"

설마 내 인생만 할까

하지만 술 취한 사람에겐 그저 토닥거려 주는 게 상책이다. 오죽 답답했으면 술 먹고 와서 하소연을 할까 싶다.

"잘될 거예요."

"그래! 잘될 거야. 자식! 나간다."

'어라, 왜 아무 말도 안 하고 가는 거지?'

이 자식, 저 자식 하며 욕이라도 해야 거절한 내 마음이 편할 텐데.

아무 말도 없이 비틀거리며 나가는 천 감독이다.

"고맙다. 쉬어라."

"택시라도……."

"됐다. 나오지 마라. 나 간다."

굳이 나가려는 날 밀고 혼자 휘적휘적 사라지는 그를 보는 내 마음 한 켠이 조금 걸린다.

내 생각에 옳다는 일을 한 건데 화장실 갔다가 뒤를 안 닦은 것 같은 이 찝찝함은 무어란 말인가.

"에이! 얼른 점핑을 해 버려야겠다."

잡념을 털어내려는 듯 혼잣말을 외치곤 샤워실로 향한다.

─♩점~점 더 멀어져 간다♪ 머물러 있는 청춘인 줄 알았는데♫

샤워를 마치고 나오자, 김광석씨의 '서른즈음에'라는 벨소리가 울리고 있다.

연채다!

"여보세요."

─왜 이렇게 전화를 안 받는 거야? 몇 통화짼 줄 알아?

받자마자 듣기 싫은 고음이 터져 나온다.

"샤워 중이었어. 이 시간에 웬일이냐?"

─난 또 오빠가 쓰러진 줄 알고 당장에 달려가려고 했단 말이야!

"됐다. 새삼스레 잘 시간에 전화해선."

말은 그렇게 했지만 그래도 기분은 좋다.

나를 걱정해 주는 누군가가 있다는 점에 마음이 포근해진다.

—정말 괜찮은 거지?

"그래, 걱정 마라. 아주 튼튼해서 부산까지라도 뛰어갈 수 있겠다."

—그래? 그럼 드라마 출연할 수 있겠네?

"……."

얜 또 어디서 이런 얘기를 들은 걸까?

하여간 이놈의 소속사를 옮기던가 해야지…….

—그럼, 드라마 출연하는 걸로 알고 있을게.

"이놈의 계집애! 너 어디서 무슨 소리를 들었는지 몰라도 이거 보통 일이 아니거든."

포근해진 마음은 이미 사라진 지 오래. 결국 철모르는 동생에게 고함을 친다.

—무슨 일인지 잘 알거든. 큰 회사에서 오빠에게 후원을 한다면서 이보다 더 좋은 기회가 어디 있어?

컥! 애한테 도대체 무슨 소리를 한 거야?

—지금 오빠 때문에 우리가 얼마나 피해를 보고 있는 줄 알아? 광고도 못하게 됐고, 데뷔도 언제가 될지 모르게 됐단 말이야.

아무리 귀여운 동생이지만 철이 없어도 너무 없다.

난 화를 내기 보다는 내가 처한 상황을 자세히 설명을 하기 시작했다.

"연채야, 오빠가 그 후원을 받게 되면 흔히 말하는 스폰을 받게 되는 거야. 무슨 말인지 알겠어? 그럼, 어떻게 되겠니? TV에서 나오는 것처럼 오빠가 그렇게 되면 좋겠니?"

—나도 잘 알거든. 하지만 오빠는 남자잖아. 오히려 좋으면서 괜히 튕기는 거면 이제 그러지 마. 오빠의 값어치는 충분히 증명됐으니까.

"……."

정말이지 귀가 막히고 코가 막힌다.

아무래도 얘의 앞날이 걱정스럽다.

"그럼, 너에게 후원하겠다는 제안이 들어온다면 후원을 받을 거야?"

—내가 왜? 난 여자잖아. 앞날 창창한 내 인생 망칠 일 있어? 그리고 내 든든한 후원자인 오빠가 있는데 무슨 걱정이야, 안 그래?

이 계집애 정말 친동생이 맞긴 맞는 거냐?

하도 어이가 없어 윤승호의 기억을 샅샅이 뒤져 본다.

연채가 태어났을 때 지켜보는 장면이 보이는 걸 보니 친동생은 맞나 보다.

"끊어! 이 기집애야! 내 당장에 부모님한테 말해서 너 연예계 생활 못하게 할 테니까 준비해!"

—그래만 봐. 가출을 해서 집에 들어가지도 않을 거니까. 동생이 외딴 섬에 팔려가서 울고불고 하는 모습을 봐야 시원하지?

으~ 머리야. 이런 꼴통을 동생이라고 예뻐했었다니.

연채에 대한 분노보다 이 일을 꾸몄을 김희수에 대한 분노가 솟구친다.

"너, 김희수라는 여자 만났지?"

—어, 오빠도 알았어? 그 언니 정말 최고더라. 처음 만났는데 예쁜 옷이랑 가방도 사주시더라.

헐~ 이제 보니 선물에 넘어갔군.

더 이상 연채랑 얘기해 봐야 스트레스만 쌓일 것 같았다.

"전화번호 알면 나한테 문자 메시지로 보내."

—그래, 좋게, 좋게 해결해. 오빠도 좋고, 나도 좋고.

"끊어!"

난 신경질적으로 전화를 끊었다. 차라리 다시 마약 조직과 싸우는 편이 한결 편하겠다.

영체 분리를 하려고 했는데 오늘은 포기다.

연채가 보낸 메시지가 도착하자마자 전화를 걸었다.

—네.

무척이나 사무적인 여성의 목소리.

"윤승호입니다. 김희수 씨인가요?"

—네. 말씀하세요.

"시간 괜찮으시면 지금 당장 뵀으면 하는데요."

난 그녀를 만나서 담판을 짓기로 했다.

◆　◆　◆

"처음 뵙겠습니다. 윤승호입니다."

"김희수라고 해요."

20대 후반, 30대 초반 정도로 보이는 김희수는 소설 속에서 보는 사감 선생의 느낌이 풍긴다.

호텔 라운지의 전망 좋은 방답게 서울의 야경이 한눈에 보였지만 지금은 그런 광경은 눈에 들어오지 않았다.

"도대체 어린애에게 무슨 말을 하신 겁니까?"

여기까지 오는 동안 화가 조금 가라앉았지만 말투가 거칠게 나가는 건 어쩔 수 없었다.

"연채 양이 무슨 말을 했는데요?"

"차마 제 입으로 옮기지는 못하겠군요. 하지만 무조건적으로 그쪽에서 제시한 제안을 받아들이라고 하더군요."

"연채 양을 오늘 만난 건 사실이에요. 그게 윤승호 씨의 심기를 건드렸다면 사과드리겠어요."

"만났다는 걸 추궁하는 게 아닙니다. 아이에게 할 소리가 있고 안 할 소리가 있는 겁니다."

"연채 양이 무슨 말을 했을지 짐작은 되는군요. 하지만 그건 오해라고 말씀드리고 싶군요."

"오해라니요?"

시종일관 담담하게 말하는 그녀에 비해 내 목소리는 갈수록 커졌다.

"전 어떻게 해서라도 이번 계약을 하고야 말겠다는 생각으로 연채 양을 찾은 건 맞아요. 하지만 제가 명함을 건네자마자 그녀가 먼저 단호하게 거절하더군요."

연채가?

전혀 믿음이 가지 않는 얘기다.

아마 자기에게 스폰서를 제의한다고 생각했을 가능성이
높다.

"똑똑하고 사려 깊은 아이더군요."

역시나 믿음이 가지 않지만 동생을 칭찬하는데 기분 나쁠
사람은 별로 없을 것이다.

"자신에게 제의를 한다고 오해한 모양이군요."

"아뇨. 만나기 전부터 오빠에 대해 할 말이 있다고 분명
말했어요."

"……."

"어쨌든 단호하게 거절하는 그녀를 본 순간 제가 무슨 짓
을 하는지 알게 되었죠. 그래서 그냥 차만 한 잔하고 헤어
질 생각이었어요."

"그런데요?"

"이유를 알고 싶어 하더군요. 오빠보다 잘난 사람들이 널
리고 널린 연예계인데 왜 오빠만을 고집하냐고 하더군요.
호호!"

망할 계집애, 오빠를 위할 줄을 몰라요.

"모르겠어요. 제가 왜 연채에게 이유를 말해줬는지. 계약
이 깨질 것이라 생각해서 지푸라기라도 잡는 심정이었는지
도 모르죠."

"굳이 저와 계약하려는 이유는 뭐죠?"

"미안해요. 그건 말할 수 없어요."

연채에겐 얘기하고 당사자에겐 얘기를 하지 않는 이유가
뭘까 궁금하다.

점핑을 해서 기억을 읽으면 알 수 있지만 괜스레 그랬다 간 부탁을 들어주게 될까 참는다.

기억을 읽으면 그 사람의 일생을 엿볼 수 있지만 단점으로 그 사람의 감정에 너무나도 쉽게 노출될 수 있다.

내가 흑룡파에게 과격하게 손을 쓴 것도 어쩌면 그들의 잔혹함을 그대로 전달받아서인지 모른다.

"좋습니다. 앞으로 소속사 사람들이나 저와 연관된 이들로 더 이상 절 핍박하지 않았으면 좋겠습니다."

"핍박이라고 생각하셨다니 미안해요. 그리고 다시 한 번만 생각해 주시면 안 될까요? 후원금으로 원하는 만큼 최대한 맞춰……."

"싫습니다."

"무리한 요구가 아니잖아요. 간혹 식사만 하는 것뿐이라고요."

"김희수 씨에게 제가 어떻게 비쳐졌는지 몰라도 전 사람을 만남에 있어서 거짓된 웃음을 짓는 건 연기만으로도 충분하다고 생각하는 사람입니다."

내 생각을 정확히 전달했다.

"그리고 또다시 같은 일이 발생할 시 당신이 아닌 당신의 상관에게 가서 난 관심이 없다고 말하겠습니다."

"안 돼요!"

지금까지 표정 하나 바뀌지 않던 그녀가 놀라는 표정으로 소리친다.

"그래선…… 안 돼요."

무슨 사정이 있나 본데, 내가 신경 쓸 일은 아니었다.

"그럼, 전……."

"잠깐만! 잠깐만 기다려 주겠어요?"

난 어정쩡하게 일어나다가 다시 자리에 앉았다.

고민하는 모습을 보니 두 번 다시 사람 귀찮게 하는 일은 없을 것 같다.

그나저나 이렇게 서울의 야경을 보니 지안이 떠오른다.

'잘살고 있을까?'

분명 잘살고 있을 것이다.

그녀는 나와 달리 무척이나 현명한 여자이니 말이다.

지금쯤 복수를 시작했는지도 모르겠다.

"사실대로 말씀드리죠."

다시 사감 선생 같은 표정으로 바뀐 그녀가 말을 꺼낸다.

"회장님께서는 당신을 후원하는데 다른 건 원하지 않았어요. 그냥 한 끼의 식사만을 원하셨죠."

정말 비싼 한 끼가 될 뻔했군. 광고 두 편에, 드라마 제작 지원, 그리고 투자까지.

"제가 임의로 조건을 더 집어넣었어요. 미안해요."

"아뇨, 미안해 할 필요 없어요. 여전히 제 대답은 'NO' 니까요."

"윤승호 씨 부탁드릴게요. 그냥 저녁 한 끼에요."

"더 이상 들을 필요가 없겠군요."

난 다시 자리에서 일어났다. 다시 어정쩡하게 앉는 일은 없을 것이다.

"그분은 당신의 팬이에요."

"……"

"그냥 팬으로서 당신을 돕고 싶어 했을 뿐이에요. 어떤 사심(私心)도 없는 분이세요. 제발! 부탁드려요."

내가 멈칫하자 말을 빠르게 쏟아내는 그녀는 무릎을 꿇는다.

"제발! 그분은…… 그분은……."

지안이 지금 나의 모습을 본다면 분명 화를 내며 한마디 했을 것이다.

"휴~ 이러지 말고 일어서세요."

난 그녀를 부축해 일으켜 세우려 했다. 하지만 일어설 생각이 없는지 꿈쩍도 안 한다.

"진즉에 그렇게 말씀하셨으면 저도도 식사 대접을 해드렸을 겁니다."

일어설 생각이 전혀 없나 보다.

앞으로 나쁜 남자들의 기억을 주로 읽어 봐야겠다. 이다지도 여자에게 약하다니.

"알겠습니다. 같이 식사를 하죠."

"정말인가요?"

"예."

윽! 초롱초롱 눈빛이다. 이 아가씨가 부담스럽게.

허락을 하자 비로소 자리에서 일어난다.

"그럼, 약속 시간은 연락을 드릴게요."

"미리 연락 주시면 시간을 빼두죠."

다시 사감 선생으로 변신하는 그녀.

여자의 변신은 무죄라고 했는데 안 된다. 유죄를 줘야 한다.

남자를 헷갈리게 하는 죄에 대해 내가 판사라면 10년 형을 줬을 것이다.

오늘은 꽤나 피곤한 하루다.

김희수를 만나고 돌아가는 길.

어서 윤승호를 침대에 주차(?)시켜 놓고 내 육체로 돌아가 쉴 생각이다.

하지만, 바쁜 날은 끊임없이 바쁘다고 했던가?

문 앞에 여자가 서 있었다.

퇴폐스럽다고 해야 할지, 야하다고 해야 할지 모를 차림.

내가 사는 곳이 고급 빌라촌이라 웬만해서는 들어올 수 없을 텐데라는 생각도 잠시 그녀가 누군지 알 수 있었다.

"오랜만이네."

"민수린, 또 무슨 일이야?"

수란과 수린이 하나가 된 걸 알지만 난 지금 윤승호다.

그러니 그럴싸하게 연기를 하는 수밖에 없었다.

"잠깐 얘기나 나눌까 해서 왔어."

"오늘……."

피곤하니 다음에 오라고 말하려다 어떤 식으로 하나가 되었는지 궁금증이 생겼다.

"들어와."

시간은 벌써 12시가 넘어 있었다.

"자, 마셔."

"……내가 좋아하는 걸 기억하고 있었네?"

"으, 응? 그랬나?"

피곤한 하루라 잠깐 넋을 놓고 있었나 보다.

민수린과 민수란의 공통점은 단 하나, 타우린이 들어간 음료를 좋아한다는 것이다.

시큼하고 달달한 맛을 좋아해서라나 뭐라나.

그 기억 때문인지 그녀에게 건넨 것이 타우린이 들어간 음료였다.

"시간이 너무 늦었다. 할 얘기 있으면 빨리해."

"훗! 여전히 도도하다니까."

"그 말하려고 왔어?"

난 일부러 냉정한 척 말했다.

그래야 그녀가 누구의 영향을 많이 받았는지도 알게 될 테고 죽음의 위협에서 벗어 날 수 있으니까.

"아니, 한 가지 알아볼 것이 있어서 왔어."

"뭔데?"

"그동안 널 위협한 것에 대한 사과를 하고 싶어. 말안장이 끊어져 죽을 뻔했지? 그리고 촬영 중에 검이 이상하지 않았어?"

"설마 그게 네가 한 짓이었어? 미친!"

연기에 충실히 임한다.

"그래, 미안해. 하지만 너도 분명 잘못이 있었어."

"무슨 잘못? 우린 분명하게 서로의 합의하에 헤어졌단 말이야. 기억 안 나?"

"응, 안 나. 하지만 지금은 충분히 알았으니 자꾸 고함치지 마. 이런 식으로 나오면 내가 어떻게 변할지 모르니까."

과연 수린과 수란을 합쳐 놓으니 포스가 장난이 아니다. 하지만 내 예상대로 수린이 주(主)가 되어 수란과 합쳐진 게 분명해 보인다.

"좋아! 죽을 뻔했지만 살아 있으니 잊도록 하지. 대신 두 번 다시 그런 짓을 하면 그때는 내가 용서 못해!"

용서 못해 할 때 손가락을 뻗으며 말할 걸 그랬나? 약간의 아쉬움이 남는다.

하지만 수린은 '너 지금 뭐하니?' 라는 표정을 짓고 있다.

"그래. 하지만 일단 그전에 한 가지 확인할 게 있어. 내가 너에게 관심이 있는지 없는지를 확인해 봐야겠어."

이건 또 무슨 개떡 같은 말이냐?

"무슨 말이야? 그거야 네가 더 잘 알지 않아?"

"나도 몰라서 그러는 거야."

"그래서 어떤 식으로 확인을 한다는 거지?"

"간단하잖아. 하룻밤 자면 돼."

"싫어."

말은 그렇게 했지만 피가 한쪽으로 급격히 쏠리는 건 어쩔 수가 없었다.

실제로 그녀와 잠을 잔 적은 없었다. 오로지 간접경험을 했을 뿐이었다.

"싫으면 어쩔 수 없지. 앞으로 몸조심해야 할 거야. 이제는 본격적으로 해 볼 생각이거든."

일어나서 걸어 나가는 그녀를 보는 순간 육감이랄까?

그녀의 말이 사실이라는 느낌이 든다.

그리고 앞으로는 장난이 아닐 거라는 느낌도.

"자, 잠깐."

"왜?"

"혹시 잠을 잔 뒤에 여전히 감정이 남아 있다면 어쩔 건데?"

"어떤 감정이든 상관없어. 윤승호 너에 대한 감정은 완전히 잊도록 하지."

"약속했다?"

"물론!"

난 다시 한 번 그녀의 다짐을 받았다.

그녀가 수린이든 수란이든 이제 상관없다는 소리.

골칫덩어리 한 명을 없애는데 이보다 좋은 조건은 없다.

일석이조, 일거양득, 도랑치고 조개 잡기.

마지막 것은 좀 이상하지만 틀린 말은 아니니 넘어가도록 하자.

"그, 그럼 시작해 볼까?"

"여기서?"

나의 멍청한 질문에 야릇한 말로 답하는 민수린.

정신적 피곤함은 어느새 홀홀 사라지는 듯하다.

최선을 다했다. 과거의 기억과 다르게 놀랍도록 훌륭해졌다고 나름 평가를 내려본다.

골칫덩어리는 일(?)이 끝나자 주섬주섬 옷을 입고 있다.

"이제 끝난 거지?"

"응."

"어떤 감정이었어?"

"알려고 하지 마, 다쳐."

"네네."

아직까지 약간은 불안해 보이는 성격의 민수린이지만 앞으로 잘살기를 빌었다.

오늘은 이대로 윤승호의 몸에서 잠들어 볼까 생각을 해본다.

내 육체로 가서 잠을 잤다가 며칠 동안 못 일어나면 다시 난리가 날 테니까.

"오늘 꽤 하던데, 잡귀."

"누가 잡귀라는 거야! 그냥 떠돌이 영……."

"훗! 역시 멍청한 잡귀라니까."

"……"

"나 간다. 다음에 보자."

다음에 보자…… 다음에 보자…… 다음에 보자…….

마치 메아리치듯이 내 머릿속을 울리는 그녀의 말.

"으아~ 민수란 너!!"

이미 그녀는 사라지고 없었다.

몸도 마음도 피곤한 하루였다.

9.
회장 누나

'으~~~음, 으~~~음.'

간만에 두 개 있는 스케줄을 다음 날로 미루고 영체 분리
에 힘을 쏟는다.

의지력을 사용하여 영체를 분리하는데 '으~~~음'이라
는 소리를 넣게 된 건 처음 영체를 분리했을 때 그런 소리를
냈기 때문이다.

뿅!

마치 내 영체에서 뭔가가 떨어져 나갔다는 느낌에 눈을
뜨고 바라본다.

카드 쪼이는 맛에 포커를 친다고 누가 했던가?

결과물을 확인하려고 실눈을 천천히 뜨며 떨어진 영체를
확인하는 것도 그와 비슷한 스릴이 있었다.

'에이!'

투 페어(포커에서 밑에서 3번째 카드:1/21의 확률)에서 풀하우스(포커에서 밑에서 7번째 카드:1/694의 확률)가 뜨기를 바라다 망한 느낌이다.

주먹만 한 크기에서 며칠간의 노력으로 머리만큼 커졌지만 여전히 부족해 보인다.

'뭐가 잘못된 걸까?'

혼잣말을 중얼거리며 생각에 빠져 본다.

난 수린에게서 얻은 힌트로 영체를 나누기로 마음을 먹었다.

처음에는 나의 여성스러운 부분을 분리시키려 했다.

그러나 주먹만 한 영체로 분리되어 실패.

그 다음으로 여성스러운 부분과 우유부단함을 더했다.

좀 커지긴 했지만 역시나 실패.

커졌다는 것에 착안해 몇 가지 성격을 더 보탰지만 결과는 마찬가지.

방금 전에는 남성스러움을 제외하고 모든 성격을 분리한다고 의지력을 발했지만 결국 실패.

아무래도 내가 잘못 생각하고 있었는지 모른다.

수린과 나는 같은 상황이 아닌데 같은 방법을 사용해서인가?

'좋아!'

난 떨어진 내 영체를 당겼다.

쑥 하고 내 몸으로 뭔가가 들어오는 느낌이다.

처음엔 기겁을 할 정도로 요상한 느낌이었는데 자꾸 하다 보니 익숙해진다.

'날 둘로 나눈다.'

낮게 중얼거리며 정신을 집중하기 시작했다.

머릿속으로 날 둘로 가른다.

그리고 갈린 2개의 영체는 단세포처럼 금세 두 개의 완전한 영체가 된다.

집중! 집중! 집중! 날 수십 번 수백 번 가른다.

그러다 가르는 것도 잊고 나도 잊었다.

무념무상(無念無想).

'실패인가?'

'실패인가?'

'응?'

'응?'

마치 내가 두 번 얘기하는 듯하다.

눈을 떴다.

'으악!'

'으악!'

맞은편에서 나와 똑같이 생긴 영체가 나와 똑같은 행동과 말을 한다. 거울을 바라보는 것 같은데 정반대로 행동하는 영체.

'넌 누구지?'

'넌 누구지?'

역시나 동시에 똑같이 얘기하는 영체.

이건 수란, 수린과는 완전히 다르다.

이걸로 두 명을 동시에 움직일 수 있을까?

이건 마치 똑같이 움직이는 쌍둥이와 같지 않은가?

어떻게 될지 나도 모르기에 고민을 한다는 자체가 웃기다.

일단은 테스트가 우선.

윤승호의 몸으로 가서 상황을 지켜봐야겠다.

그나저나 눈앞에 나와 똑같은 영체는 여기에 그대로 두면 되는 건가?

응? 왜 희미해지지?

아!

만들어진 내 반쪽이 서서히 희미해져 간다. 수란이 사라지는 것과 같은 현상.

어디론가 가는 모양이다.

완전히 사라진 내 반쪽.

과연 어떻게 될지 이제는 테스트를 해 봐야 한다.

난 윤승호에게 점핑을 했다.

윤승호는 지금 이지원과 내 육체가 있는 병실에 병문안을 와 있는 상태였다.

'이거 정말 이상한데?'

윤승호의 몸으로 일체화를 하는데 이질감이 동시에 두 가지가 느껴지는 듯하다.

"이게 뭐야?"

눈을 뜨니 TV 두 대를 좌우에 놓고 동시에 보는 것처럼 보이는 세상.

한데, 좌측은 약간 검붉은 색으로 일렁이고 있다.

'설마?'

난 좌측에 정신을 집중하고 눈을 떴다. 좌측의 화면이 켜진다.

신기한 장면이다. 난 지금 내 눈으로 보는 세상과 이지원의 눈으로 보는 세상을 동시에 보고 있다.

"이거 골치 아프네."

"이거 골치 아프네."

아무 생각 없이 말하니 또 아까와 같은 현상이다.

"이렇게라도 널 깨워야 하는 걸까?"

나에게 의식을 집중하고 말하자 역시 윤승호만 말을 한다.

"그래야 하지 않을까요?"

내가 하면서도 어이없는 장면이다.

복화술사가 된 기분이다.

고민은 길지 않았다. 이렇게라도 일단은 이지원을 깨워야 한다.

아님, 너무 말라서 내 몸처럼 사용할 수 없는 몸이 되어 버릴지 모른다.

일어나 문으로 가는데 너무나 어색하다.

아무래도 이런 이중 화면에 익숙해지는데 오래 걸릴 것 같다.

문을 열고 밖으로 나가 외쳤다.

"선생님! 이지원 환자가 깨어났어요."

◆　◆　◆

두 개의 화면,

두 사람으로 살아가는 건 쉽지 않았다.

한 손으로 동그라미를 다른 한 손으로 세모를 그리면 어정쩡한 그림을 그리게 되는 것처럼 지금 나와 이지원은 그런 상태다.

"뭐하시는 거예요?"

"아, 아닙니다."

이지원은 지금 병원에서 죽을 먹고 있다.

잠깐 딴생각을 하고 있으니 나도 빈 공간에서 숟가락질을 하고 있었다.

김희수가 이상하다는 듯이 바라본다.

이럴 때 가장 편한 방법이 한쪽 눈을 감는 것이다.

이지원이 밥을 먹을 동안 눈을 감고 있어야 할 모양이다.

"도착했어요."

김희수의 말에 이시원은 눈을 감고 난 눈을 떴다.

도어맨이 열어주는 문으로 내려 김희수를 기다렸다가 호텔로 들어갔다.

"제가 제안했던 일은……."

"알아요. 저도 지금 팬과 만나러 가는 것뿐입니다."

"고마워요."

지난번 제안에서 스폰에 관한 것을 제외하곤 모든 걸 받아들였다.

주는 걸 마다 할 내가 아니었다.

JJ그룹 입장에서도 일종의 투자라고 생각하면 되는 것이니 서로 나쁠 건 없었다.

"잠깐 검사를 해도 되겠습니까?"

"예."

엘리베이터에서 내리자 회장의 경호원 팀이 몸수색을 한다.

자신의 일에 충실한 그들에게 뭐라고 할 수는 없는 법.

난 순순히 팔을 벌리고 그들의 검사에 응했다.

"다 됐습니다."

난 그들에게 살짝 고개를 숙여 인사를 한 후 안쪽으로 들어갔다.

"한 층을 다 사용하는 겁니까?"

"네. 혹시 당신에게 피해가 갈지 모른다고 회장님이 지시하셨죠."

오가는 이들이 보이지 않아 물어보니 역시나다.

'하긴, 회장 자녀들도 쉽게 하는 일을 회장이 못할 리가 없지.'

"이 방이에요."

똑똑!

"회장님, 윤승호 씨 도착했습니다."

"들어오라고 하세요."

"들어가세요. 그리고……."

뒷말은 듣지 않아도 알 것 같다.

김희수의 얼굴은 '잘 부탁한다.'는 표정을 짓고 있었다.

왜 그녀가 그토록 날 원했는지는 여전히 모른다.

자신의 상관에 대한 과잉 충성일 수도 있겠지만 내가 보기엔 상관이 아닌 가족으로 생각하고 있다는 느낌이 든다.

"처음 뵙겠습니다, 윤승호입니다."

"호호! 어서 와요. 김명숙이에요."

단정한 옷차림, 과하지 않은 반응, 부드러운 웃음.

부자들은 어릴 때부터 트레이닝을 받는다고 하더니 매뉴얼이라도 있는 건가 싶다.

마치 나이든 지안을 보는 것 같다.

JJ그룹 김명숙 회장은 올해 48세였고 16세의 딸과 14세의 아들을 뒀으며 JJ금융의 사장인 남편이 있다.

어느 것 하나 부족한 게 없어 보이는 김명숙이 팬이라는 이유 하나만으로 나와 내 소속사에 많은 투자를 한 것은 여전히 이해가 되지 않는다.

"초대해 주셔서 감사합니다."

"아뇨, 제가 오히려 영광이에요."

"제 팬이라고 말씀하셔서 얼마나 놀랐는지 모릅니다."

"호호! 의외로 윤승호 씨의 팬들 중 나이 먹은 사람들도 많답니다."

"그런가요? 하하!"

대기업의 회장이라는 직책에 약간 긴장하고 있었다.

하지만 김명숙의 편안한 태도에 초금씩 풀리는 게 느껴진다.

"식사하면서 얘기를 나눌까요?"

"좋습니다. 안 그래도 회장님의 초대에 맛있는 거 많이 먹으려고 점심도 굶었습니다."

"호호! 그래요?"

"예!"

옆에 있는 버튼을 누르자 바로 김희수가 메뉴판을 들고 들어와 내 앞에 펼쳐 준다.

"뭘로 먹을래요?"

"회장님이 추천해 주세요. 어떤 게 맛있는 건지 잘 모르겠네요."

"고기 좋아해요?"

"물론이죠."

"그럼, 스테이크를 먹어요. 아주 맛있어요."

"예. 그리고 어울리는 와인도 한 병 주세요."

서서히 눈앞에 있는 여성이 그룹 회장이 아닌 그냥 팬으로 보이기 시작했다.

"이번에 드라마 찍죠?"

"예."

"빨리 나왔으면 좋겠네요."

"회장님의 투자 덕분에 올해 하반기에 방영될 것 같습니다."

"후후! 지금 당장에라도 보고 싶어지는군요."

"하하! 그렇게 안 보이시는데 성격이 급하시네요."

"기대가 돼서 그런 것뿐이에요."

난 원래 김명숙에게 점핑을 해 볼 생각이었다.

그녀가 무슨 의도로 나에게 후원을 제의했는지 의심이 다 풀리지 않았기 때문이기도 했지만 '천국의 신화'가 주인공이 맨손으로 시작해 거대 기업을 만드는 기업 드라마였기에 그녀의 기억을 엿봐서 연기에 도움을 받으려는 생각도 있었다.

그러나 마치 고모와 이모처럼 대하는 그녀를 보며 차마 점핑할 수가 없었다.

하지만 다시 점핑을 결심하게 된 건 들어온 음식이 놓인 다음이었다.

"어서 들어요."

"회장님은 왜?"

"전 죽을 좋아하거든요. 호호호!"

그녀가 먹는 것은 죽이었다.

물론, 그녀가 죽이 좋아서 그럴 수도 있겠지만 순간 나타난 어색한 표정이 내 눈에 띄었다.

난 더 이상 궁금증을 참지 못하고 점핑을 준비한다.

영체가 둘로 나뉜 다음 좋은 점이 하나 생겼는데 바로 나뉜 영체로 점핑이 가능하다는 것이다.

즉, 이지원의 몸에 있는 영체로 내 눈 앞에 있는 김명숙에게 점핑을 할 수 있다는 것이다.

난 이지원의 몸에 있는 영체를 김명숙의 백회 바로 위에 있는 홀로 들어간다는 생각을 하며 주문을 외운다.

팟!

동수 형을 대상으로 이미 실험을 해 봤기에 바로 성공이 가능했다.

내 반쪽이라 그런지 일치화될 때 이질감도 느껴진다.

그리고 내 앞에 꺼져 있던 화면이 켜진다.

난 다른 일은 하지 않고 그녀의 기억만을 읽어 들인다.

상속, 고생, 대기업, 남편의 바람, 아이들, 암, 죽음, 윤 승호.

끔찍이도 긴 기억이다. 신선문 선생님까지는 아니더라도 그녀의 삶이 평탄치 않다는 것은 길이만 봐도 알 수 있었다.

괜히 봤다는 생각이 든다.

그녀의 고통이 그리고 그 아픔이 전달되어 온다.

김명숙은 간암에 걸려 있었다. 수술도 어렵고 간 이식도 이미 시기를 지난 상태.

또한, 그녀가 왜 나에게 후원을 약속했는지 알 수 있었다.

김명숙은 내 팬이었는데 암에 걸렸다는 걸 알고 난 후부 터 더욱 열렬한 팬이 된 것이다.

그래서 그녀의 딸 이름으로 나에게 편지를 보냈고, 그 편 지에 내가 답장을 써준 것에 큰 기쁨을 느끼면서 나에 대한 후원을 생각한 것이다.

내가 누군가가 살아가는 힘이 될 수 있다는 것에 놀랐고, 그런 그녀의 마음에 감사하게 된다.

난 김명숙의 정신세계에 방을 만들고 영체의 반을 다시

이지원에게 보냈다.

"음~ 정말 맛있네요. 입에서 살살 녹아요."

"호호! 그렇죠?"

"네. 그리고 와인도 정말 좋아요."

"단 걸 좋아한다고 해서 단맛이 강한 걸 준비했어요."

"오늘 입이 호강하네요. 앞으로 자주 찾아봬야겠는데요?"

"호호! 식당에 말해둘 테니 편할 때 와서 먹어요."

"그럴 수야 있나요? 팬과 함께해서 더 맛있는 걸요. 앞으로 종종 부탁드려요."

"그런가요? 오호호호!"

또, 다시 감정이입이 돼 버렸다.

얼마 전까지만 해도 남의 기억을 읽는 것은 행복이라고 생각했다.

하지만, 이제는 그렇지 않다.

그들의 삶을 완전히 이해할 수는 없지만 약간이나마 이해할 수 있기에 기억을 읽는 것은 어느새 짐이 되어 버린 것 같다.

그러면서도 남의 기억 읽기를 끊지 못하는 난 바보다.

"식사도 다 하셨으니 제가 재미난 얘기 하나 해드릴까요?"

"좋죠."

"제 아는 형 얘긴데. 군대에서 있었던 얘기래요."

"설마 군대에서 축구했던 얘기?"

"아니에요."

역시나 여자들은 군대 이야기를 좋아하지 않는 모양이다.

하지만 내친걸음이라 말을 이었다.

"그 형이 추운 초겨울 날 5박 6일간 훈련을 나갔대요. 다른 부대와 합동 훈련이라 공격도 하고 방어도 해야 하는 훈련이었는데 4일간은 특별한 일 없이 경계 근무만 서고 있다가 마지막 날 밤 대규모 침투 훈련을 했대요. 소대 단위로 뛰어서 산도 넘고 들도 뛰면서 무사히 적군을 완파하고 집결 장소로 모였는데. 글쎄 5일 내내 소식이 없던 응가가 마려웠던 거예요."

"그래서요?"

"소대장에게 화장실에 가고 싶다고 말하자 곧 차가 와서 출발할 테니 근처에서 해결하라고 했나 봐요."

내가 읽은 사람의 기억에 있는 얘기였다.

"소대에서 떨어져 나온 그 형은 칠흑과 같은 어둠이었기에 안심하고 조금 떨어진 곳에서 바지를 내렸대요. 그런데 주저앉으려고 보니까 작은 나무 같은 것들이 엉덩이를 찔러서 앉은 자세로 조금씩 뒤로 물러나자 앉을 만한 곳이 나오더래요. 그래서 힘을 주기 시작하는데 5일간 변을 못 봤고 추운 겨울날 엉덩이를 까고 있으니 쉽게 나오지 않았던 모양이에요."

김명숙은 제법 집중해서 내 얘기를 듣는다.

"하지만 계속 힘을 주니 드디어 변이 나오기 시작한 거죠. 그때!"

"그때?"

"다른 부대원들이 속속 뛰어오더래요. 그리고 6공트럭 (군에서 쓰는 트럭)이 헤드라이트를 비추며 자신에게로 달려왔다고 하더라고요. 하필 엉덩이를 내린 곳이 차가 지나가는 곳이어서 전 대대원들이 그 모습을 지켜봤다고 하더라고요."

"호호호호호!"

"크흐흐흐, 웃기죠?"

"정말 황당했겠네요?"

"저도 생각해 봤는데 그 상황이 너무 웃기더라고요."

"호호호! 생각할수록 웃기네요. 그리고 얘기할 때 윤승호 씨 표정이 더 재밌었어요. 호호호!"

"다른 얘기도 해드릴까요?"

"좋아요."

난 다른 사람들의 재밌던 상황을 얘기하기 시작했다.

재미있는 얘기에도, 별로 웃기지 않은 얘기에도 그녀는 깔깔거리며 웃어준다.

"오늘 정말 재밌었어요."

"저도요."

"오늘처럼 이렇게 웃어본 게 얼마만인지 모르겠어요."

"하하하! 저도 덕분에 많이 웃었어요. 그리고 이거 오래 전에 나온 앨범들과 제가 나온 드라마의 DVD입니다."

난 선물로 준비했던 것을 그녀에게 건넸다.

"정말 고마워요. 꼭 가지고 싶었던 거예요."

이미 다 가지고 있는 거였지만 그녀는 기쁘게 받는다.

"저도 간단한 선물 하나 준비했어요. 나중에 풀어봐요."

"감사합니다."

김명숙이 건네는 선물 봉투.

기억을 읽었기에 이미 무엇인지 알고 있다. 그녀 말대로 간단한 것은 아니었다.

무지무지 비싼 한정판 명품 시계였다.

"그리고 앞으로 활동하는데 보탬을 주고 싶어요. 많지는 않지만 꼭 받아주세요."

"아뇨. 지금까지도 보여주신 관심으로도 충분합니다. 제가 그걸 받으면 앞으로 회장님을 뵙기가 아무래도 부담스러울 것 같습니다."

"그래도 전 꼭 주고 싶군요."

"정 그러시다면 회장님이 후원하는 사회복지단체에 기부해 주세요."

"음, 좋아요. 그럼 다음에 볼 땐 그 회장님이란 호칭을 바꿔주세요."

"하하! 알겠습니다. 다음엔 아예 편하게 누나라고 부를까요?"

"괜찮네요. 호호호!"

이제는 헤어질 시간이다.

더 이상 무리하면 그녀에게 좋지 않다.

"참, 보통 몇 시에 주무세요?"

"어머, 그건 왜요?"

"그냥 궁금해서요. 대기업 회장님들은 몇 시쯤 자나 해서요. 하하!"

"요즘은 11시쯤 잠들어요. 대신 윤승호 씨가 나오는 프로그램을 볼 땐 12시가 넘기도 한답니다. 더 궁금한 거 없어요?"

"그건 다음에 여쭤보죠."

"그래요. 오늘 즐거웠어요. 조심히 들어가요."

"예. 회장……누나도 잘 들어가요."

"호호호! 그래, 동생."

기억 속 그녀는 철두철미하고 냉철한 사업가였다.

하지만 오늘은 파격 그 자체다.

난 떠나는 김명숙을 바라본다.

김명숙이 죽는다고 해도 나와는 크게 상관은 없다.

하지만 난 그녀가 오래 살기를 바라본다.

그녀가 돕고 있는 많은 이들도 아마 그걸 바라고 있을 것이다.

"고마워요."

"제가 오히려 즐거운 시간을 보냈습니다. 한데, 안 따라가셨습니까?"

"당신을 데려다 주라고 하시더군요."

"그럼, 부탁드리겠습니다."

"예."

김희수는 김명숙이 지원하는 단체에서 특별히 선발되어 마치 그녀의 딸처럼 자란 여자였다.

"다음엔 제가 회장님 식사 대접할게요."

"네?"

"팬에게 얻어먹었으니 다음엔 제가 사야 할 거 아니에요? 그러니 그분 한가한 시간 알면 연락 좀 달라고요."

"……."

그렇게 감동하지 말라고. 단지 팬을 위한 서비스일 뿐이 니까.

"그러죠."

훗! 금세 쌀쌀맞은 표정으로 바뀌는 얼굴하고는.

그나저나 어지간히 걸음이 빠른 여자다.

같이 가요, 같이~

◆　◆　◆

"정신 이동자를 찾는 일은 어떻게 되었느냐?"

"15명으로 좁혀졌습니다."

"오! 짧은 기간 안에 많이 좁혔구나."

가만히 눈을 감고 있던 노인은 기쁜 표정으로 눈을 뜨곤 그의 애제자를 바라본다.

"예. 운이 좋았습니다. 지난해 12월을 기점으로 일순간 정신을 깜박하는 사람들이 사라졌습니다. 그래서 그들이 정 신을 잃기 시작한 6개월 전부터 병원을 다녔던 모든 이들 중 더 이상 병원에 나오지 않는 이들을 조사했습니다."

"고생했구나."

"사제들과 살영대(殺靈隊)가 고생이 많았습니다."

차영호는 얼굴을 들지 못한 채 말을 이었다.

"한데, 약간 이상한 것이 있었습니다."

"무엇이 말이냐?"

"그 15명의 사람들 중 가장 의심이 되는 신미향이라는 간호사와 곽지안이라는 환자 때문입니다. 신미향은 이미 7년 전부터 병원에 근무를 하고 있었습니다. 곽지안이라는 환자는 3년 전에 입원을 했고요."

"그런데?"

"이 두 사람 중 제가 보기엔 곽지안이라는 여자가 정신 이동자일 가능성이 높습니다."

차영호는 잠깐 생각을 정리하더니 말을 잇는다.

"한데, 그 여자는 혼수상태의 환자였습니다. 그런데, 그 상태에서 정신 이동이 가능한 겁니까?"

"글쎄다? 하나 그들은 워낙 특이한 족속들이라 가능하지 않겠느냐?"

"제 생각도 그렇습니다."

"하면?"

"곽지안에 대해 상세히 조사를 했습니다. 그녀는 남편에게 살해당할 뻔하고 병원에 입원했습니다. 즉, 과거에는 그녀는 정신 이동자가 아니었다고 생각할 수 있습니다."

노인의 얼굴은 점점 심각한 표정으로 바뀐다.

"네 말은 그녀가 그 병원에서 정신 이동을 배웠다 그 말이더냐?"

"추측일 뿐입니다."

차영호의 말에는 많은 허점이 있었다.

하지만 선도법을 익히게 되면 강력한 육감이 생기게 된다.

그래서 노인은 차영호의 말을 완전히 무시 못하는 것이었다.

"하면 그 병원에 또 다른 정신 이동자가 있다?"

"그럴 가능성이 있다는 겁니다. 같은 환자일 수도 그 병원 어딘가에 정신 이동자가 뭔가를 남겼을 수도 있다는 생각을 해 봤습니다."

"그럴 수도 있겠군. 대책은?"

"없습니다. 그래서 여쭙는 것입니다."

"알았다. 그 일은 내가 알아서 처리하마. 쫓는 일에나 신경을 쓰려무나."

"예."

"살영대주에게 내가 조사한 것을 넘기고 내가 보자고 전하거라."

차영호는 대답과 함께 고개를 숙인 후, 자리에서 일어났다.

그의 스승이 행하려고 하는 일이 뭔지 잘 알고 있다.

암천회의 궂은일을 도맡는 살영대가 나선다면 많은 이들이 죽고 다칠 것이다.

그리고 깨끗하게 해결될 것이다.

특히나 곽지안과 함께 방을 썼던 현금이라는 자는 살아나기 힘들 것이다.

차영호는 재빨리 발을 놀려 살영대가 있는 곳으로 향했다.

차영호와 사제들이 지내는 곳과 전혀 반대편에 있는 살영대의 거처에 도착을 했지만 차영호는 잠시 발을 멈춘다.

거처에서 흘러나오는 살기에 자신도 모르게 한 행동이었다.

"영호냐?"

"예! 대주(隊主)."

"그냥 편하게 불러라."

"예, 사형."

언제 나타났는지 노근한 목소리의 살영대주완 달리 차영호의 목소리는 약간 떨려 나오고 있었다.

"녀석하곤. 그래 무슨 일이냐?"

차영호의 그런 태도를 이해한다는 듯 씨익 웃고 온 이유를 묻는다.

"스승님께서 부르십니다."

"일이냐?"

"예."

"알았다. 자료는 뵙고 난 후에 보도록 하자."

"알겠습니다."

"참! 그리고 막내 사제에게 신경 써라."

"……!"

차영호는 그 말이 무슨 뜻인지 이해할 수 있었다.

그리고 잠시 넋을 잃은 듯 멍하니 서 있다.

그리고 잠시 후 날듯이 막내 사제에게로 달려간다.

그의 머릿속으로는 선도법에 대한 생각이 떠오른다.

기(氣)를 빠르게 축적할 수 있는 최고의 심법이면서 살기(殺氣)가 강해지면 최악의 심법이 되어 버리는 선도법.

차영호는 어린 시절부터 암천회의 일을 하면서 살기에 미쳐 버린 사형과 사제들을 많이 봐왔다.

그들은 끊임없이 피를 원하다 결국 칠공(七孔)에 피를 쏟고 죽거나, 너무 많은 살인을 저질러 같은 사형제에게 죽임을 당했다.

예외는 단 한 명뿐이었다.

살영대주인 그의 사형은 그 한계를 극복해 가고 있다는 평가를 받는 이였다.

그러나 그가 내일 미칠지 지금 당장 미칠지는 아무도 모르는 상황.

그를 제압할 수 있는 사람은 오직 차영호의 스승뿐이었다.

차영호는 아끼는 막내 사제가 그런 살귀(殺鬼)가 될 가능성이 높다니 다급해졌다.

한동안 외출을 금지시키고 선도법을 제대로 수련시켜야겠다고 다짐하는 그였다.

10.
일본에서 생긴 일

　영화 좌포청이 상영을 시작하자 극장에 다니며 무대 인사를 다녀야 했고 JJ그룹의 광고도 찍게 되었다.

　그러나 그 일이 끝이 나자 갑자기 한가해졌다.

　잘됐다 싶어 날 쫓아다니는 수행팀에게 일주일간 휴가를 준 후 나는 이지원과 나를 동시에 따로따로 움직이는 연습을 본격적으로 시작했다.

　"크윽! 푸!"

　둘이 간단히 하는 동작들은 그럭저럭 자리를 잡아간다.

　가령, 내가 길을 걷고, 이지원이 밥을 먹으면 이제는 둘 다 정상적으로 할 수가 있었다.

　하지만 내가 물을 마시고 이지원이 선도술을 하면 지금처럼 물통을 내 코로 쑤시는 경우가 발생한다.

또한 남자인 내가 여자인 이지원을 움직이다 보니 곤란한 경우가 많았다.

대표적인 것이 자고 일어나 화장실에 가서 서서 소변을 누는 경우가 많았는데 결국 내가 앉아서 보는 습관으로 바꾸었다.

이외에도 불편한 점이 하나둘이 아니었지만 살이 조금씩 오르기 시작한 이지원을 다시 수면 상태로 둘 수 없었기에 익숙해지기 위해 노력하고 있다.

—점~점 더 멀어져 간다♪ 머물러 있는 청춘인 줄 알았는데♫

매니저 동수 형의 전화가 왔다.

"왜요?"

—으, 응. 사장님이 일본에 갔다 오는 게 어떠냐고 묻는데?

"싫어요."

귀찮다. 아니 그것보다 한국을 벗어나면 정신 이동이 어떻게 될지 몰랐기에 꺼리는 마음이 더 컸다.

—팬 미팅 한 번하고 온천에서 푹 쉬고 오라는데…….

"전 그냥 한국에서 쉴래요."

—그러지 말고 가자. 숙희 누나, 연하, 효진도 은근 기대하고 있는데.

자기들이 가고 싶은 모양이다.

약간 고민이다.

내가 안 간다면 저들을 그냥 보내줄 사장이 아니다.

―거기 SFS가 활동 중이니까. 은진이도 만날 수 있을 거야.

"그건 어떻게 알았어요?"

병원에 은진이가 몰래 찾아왔었는데 그걸 알고 있었나 보다. 하여간 사생활이 없다니까.

―그야, 병원 CCTV를 보고 알았지. 다 삭제했으니까 걱정 마.

'내가 걱정하는 건 나의 일거수일투족을 감시하는 당신이 제일 걱정이야.'

"사장님도 알아요?"

―몰라! 절대 몰라! 그냥 내 선에서 해결했어.

"말했으면 알아서 해요!"

―내 목을 걸라면 건다.

"알았어요. 언제 출발이에요?"

―내일 아침 8시까지 데리러 갈게. 그럼 내일 보자.

뚝!

내가 다시 반대할까 봐 금방 끊어 버린다.

외국에서도 점핑이 가능한지 알아볼 겸, 책이나 TV에서 보던 온천에 가보는 것도 나쁘지 않을 것 같다.

소풍 가기 전 날처럼 설레는 기분.

나쁘지 않다.

◆　　◆　　◆

"왜? 도쿄야?"

"그야 팬 미팅도 있고……."

"온천하면 북해도나 큐슈 아닌가?"

"드라마에 나온 아키타 온천에 가보고 싶었는데."

내 말에 효진이가 한 말을 더했고, 숙희 누나와 연하는 어깨만 으쓱거린다.

"도쿄 근교에 하코네 온천이 있어. 130년이 넘는 전통의 후지야(富士屋)료칸·호텔에 이미 예약해 둔 상태란 말이야."

"누가 일본 따위의 전통에 신경을 써? 우리나라 온양온천만 해도 역사가 1300년이 넘는데."

물론, 그만큼 오래된 건물은 없지만 어차피 개보수를 하다 보면 그게 그거다라는 생각에서였다.

"허허허! 후지야료칸·호텔에 가보세요. 도쿄에서 외국 손님을 모실 때 꼭 가는 곳이 그곳입니다."

내가 계속 심통을 부리자 우리를 데리러 온 재일교포분이 웃으시면 한 말씀하신다.

동수 형을 갈구다 보니 잠시 다른 사람이 있다는 걸 착각했다.

"아, 죄송합니다. 방금 전 얘기는……."

"허허! 괜찮습니다. 저도 한국 사람인 걸요."

눈 덮인 야외를 바라보며 하는 온천을 기대했다.

하지만, 도착한 곳은 서울과 같은 대도시 도쿄.

차들이 꽉 막히는 이곳에 있는 온천이라고 해 봐야 우리나라 찜질방 수준이겠거니 하는 생각에 괜한 동수 형에게 심통을 부린 것이다.

"오늘 일정은 어떻게 돼?"

"지금 가는 호텔에서 머물다가 그곳에서 5시부터 팬 미팅하고 하루 숙박 후 내일 아침에 바로 하코네 온천으로 갈거야."

"그럼, 3시부터 준비하면 되겠네?"

"그래도 충분하지."

동수 형과 얘기를 마치고 나의 첫 외국 여행지인 일본의 대도시를 바라본다.

어제 내가 읽어 들인 기억 중에서 외국 여행에 관한 기억을 간접체험을 해 보았다.

그래서인지 특별한 감흥은 없었다.

특히, JJ그룹의 김명숙 회장의 기억에는 너무 많아 다 소화도 못 시킬 정도였다.

난 그녀가 일어를 공부할 때 기억을 되새겨 본다.

김명숙 회장은 일대일 교육을 받았는데 마치 내가 일대일 교육을 받는 기분이다.

내 머리에 포함되어 있는 기억이라 그럴까?

너무나 쉽게 일본어가 이해가 됐다.

정신 이동의 새로운 장점을 찾아 기분이 좋다.

"……내가 가고자 하는 곳은~ 당신의 마음인데~ ♬ 제발 그 문을 닫지 말아요 ♪ 지금 바로 그곳으로 향해 갑니다아~~~"

내 팬들 중에 나이 지긋한 분들이 많다는 김명숙 회장의 말은 맞았다.

특히, 일본엔 말이다.

"승짱! 아이시떼루요~"

"승짱! 승짱!"

"꺄아아~!"

날 향해 외치는 팬들에 손을 뻗으며 노래의 끝을 맺는다.

정신 이동뿐 아니라 선도법과 선도술의 장점도 있었다.

바로 노래를 부를 때 전혀 호흡이 달리지 않는다는 것이다.

하긴 한 호흡에 선도술의 9식을 펼칠 수 있으니 어쩌면 당연한 일이었다.

"자, 마지막으로는 '윤승호와 사진 찍기' 시간을 갖겠습니다."

사회자의 말에 객석이 소란스럽다.

물론, 짧은 시간에 내가 일본어를 알아들을 수 있는 수준까지 배운 것은 아니다.

다만, 진행이 어떻게 되는지 알고 있는 것뿐이었다.

"원래는 스무 분을 뽑아 사진 찍기를 할 예정이었으나, 오신 분들에 대한 예의가 아니라는 윤승호 씨의 의견을 받아들여 모든 분들에게 기회를 드리도록 하겠습니다. 대신 멀리서 오신 분들 먼저 진행하도록 하겠습니다."

웅성거리던 팬들은 차례차례 줄을 서기 시작한다.

"사랑하므니다. 승짱!"

"저도 사랑합니다."

가벼운 포옹과 사진 찍기. 사인은 이미 해둔 상태였기에 길어야 2~3시간이면 된다.

윤승호가 아니라 설령 나라고 해도 김명숙 회장의 기억을 읽기 전이라면 절대로 하지 않았을 일이었다.

나이를 먹는다고 기본적으로 느끼는 욕구가 사라지는 게 아니었다.

아이가 생기고 직위가 올라갈 뿐 젊은 시절에 가지고 있던 생각은 여전했다.

"꺄아~ 좋습니다."

"저도 좋습니다."

나이 드신 분들이 마치 소녀처럼 구는 모습도 나쁘지 않다.

'이것도 힘들구나.'

키가 작은 분들이 많아 허리를 구부리고 안다 보니 허리가 아프다.

오늘 온 팬들만 300명.

30초에 한 명꼴로 계산해도 2시간 30분.

기껏해야 2~3시간이라고 생각했는데 만만치 않음을 알았다.

하지만, 힘든 내색 없이 웃는 얼굴을 계속해서 짓고 있다.

저들은 많은 돈과 시간을 투자해서 이곳에 온 사람들이니까.

드디어 마지막분. 곱게 차려입은 기모노가 눈에 띈다.

"오래 기다리셨죠?"

"그래요. 하지만 가까운 곳에 사니 다른 분들에게 먼저 양보를 해야죠."

약간 어색하지만 완벽한 한국어를 구사한다.

"한국어를 잘하시네요. 혹? 재일교포분이세요?"

"아니에요. 료코 도모치라고 해요. 윤승호 씨와 이렇게 대화를 하려고 열심히 공부했어요."

"감사합니다. 자, 그럼."

난 그녀를 위해 팔을 벌렸다.

그러자 나비처럼 날아와 품에 안긴다. 난 살짝 품에 안는 동작을 취한다.

'윽, 이 아주머니가. 엉덩이에 손 안 치워요!'

"하하……."

무슨 힘이 이렇게나 센지 조금씩 밀어도 떨어질 생각을 안 한다.

난 단지 어색한 웃음만 지을 수밖에 없었다.

"탱탱하네."

"크~"

이거 보통 아줌마가 아닌 모양이다. 떨어지며 나에게 들릴 정도로 말한다.

좀 당황스럽긴 하지만 머리도 쥐어뜯는 사람들도 있었으니까 참을 만하다.

"오래 기다린 보람은 있어야겠죠?"

"보람되셨다니 다행이네요. 그럼, 조심히 들어가세요."

"윤승호 씨도 즐거운 일본 여행 되세요."

그녀를 마지막으로 모든 일정이 끝났다.

그때까지 돌아가지 않은 팬들에게 마지막 인사를 하고 옆문으로 빠져나왔다.

"고생했다."

"고생했어요, 오빠."

"응, 고생들 했어요. 이제부터 자유 시간들 가져요."

기다리고 있던 수행팀에게 자유 시간을 주고 난 내 방으로 올라갔다.

"윤 상(さん)! 윤 상!"

방에 들어가려는데 사회 겸 통역을 맡아서 해주던 사람이 부른다.

"무슨 일이세요?"

"이거 도모치 상이 윤 상에게 전해주래요."

"뭔데요?"

꽤 큰 선물 봉지였는데 워낙 강하게 인상이 남았던 여자분이라 무엇이 들었을지 궁금했다.

"저야 모르죠. 전 전해드렸습니다. 그럼, 편히 쉬세요."

"예, 고생하셨습니다."

방에 들어와 선물을 뜯어보니 그 아주머니, 아니, 할머니에 가까웠던 여자분이 준 선물은 어마어마하게 비싼 양복이었다.

사이즈가 맞을까라는 궁금증에 입어보니 자로 잰 듯이 딱맞다.

엉덩이 한 번에 이토록 비싼 양복이라니……

괜찮은 거래다.

◆　◆　◆

한류(韓流) 열풍이 거센 일본이지만 나에 대한 인기는 크지 않다.

드라마가 수출되어 방영은 되었지만 한참 인기를 끌고 있는 연예인에 비하면 새 발의 피.

덕분에 편안한 복장에 모자를 눌러쓰고 나와도 날 알아볼 사람은 별로 없었다.

그래서 무작정 호텔을 나와 익히 듣던 젊음의 거리 신주쿠로 향했다.

"한국 아가씨 있어요."

외국에서 한국말을 듣게 되면 그렇게 기쁘다고 하더니만 왜 기분이 나쁠까?

나도 얼굴에 분칠하고 살고 있지만 지금 내 팔을 붙잡는 남자에게는 두 손 두 발 다 들어야 할 판이다.

정리된 눈썹, 살짝 칠해진 립스틱, 스모키 화장에 가까운 눈화장.

"괜찮아요."

"여대생이에요."

난 손을 빼고는 다시 걸음을 옮겼다.

가부키쵸.

일본 신주쿠역에서 조금만 걷다 보면 나오는 곳. 일본 최고의 다국적 환락가이다.

이곳에는 한국 사람은 물론, 많은 나라의 여성과 남성들이 일하고 있었다.

특히, 한류 열풍 때문에 한국인에 대한 인기가 높아지며 대학생들까지 방학을 틈타 일하러 오는 경우가 많았다.

"쭉쭉빵빵! 한국 여대생 있어요."

확! 아가리를 날려 버릴라.

하지만 아무 말없이 다시 길을 걷는다.

얼마나 오랫동안 말해왔으면 쭉쭉빵빵이라는 말까지 원어민처럼 말할까 싶다.

좁은 거리 양쪽으로는 입간판과 각종 간판들의 천국이었고, 그 사이로 오늘을 즐기려는 남녀들이 즐비했다.

'EunYoung'이라는 글자에 야한 옷을 입은 여성 간판과 연예인처럼 포즈를 취하고 있는 남자 밑에 'JunHo'라는 글을 바라보며 씁쓸함에 발을 돌린다.

이국적 정취를 느낄 겸 술이나 한잔하려고 왔는데 입맛만 쓰다.

"어? 이런 곳도 있었네?"

가부키쵸를 벗어나 조금 걷자 빌딩 숲속의 옛 거리가 눈에 띈다.

종로의 시장 골목과 비슷하다고 할까?

'아카루이 화원(あかるい花園)? 밝은 화원이라고 해야

하나?'

난 이곳이 마음에 들어 바(Bar)라고 적힌 한 곳에 들어 갔다.

"이랏샤이(어서 오세요)!"

30대 초반으로 보이는 여성이 바텐더 복장으로 밝게 인 사를 한다.

한국의 바와 다를 바 없는데 훨씬 소박해 보인다.

음식점이나 술집에서 일본을 느끼기에는 아무래도 힘들어 보인다.

포기하고 그냥 이곳에서 술이나 한잔하고 갈 생각이다.

자리에 앉아 메뉴판을 건네며 뭐라 하는데 대충 뭘 먹을 거냐고 묻는 것 같다.

"음, 고레(これ:이것)하고 고레하고 주세요."

일본어와 한국어 섞어서 맥주와 간단한 안주를 시켰다.

보는 것은 기억을 더듬으면 되지만 말하는 건 갈 길이 멀 었다.

"한국인이에요?"

"예."

한국의 세계화는 이미 이루어졌나 보다.

바텐더 복장의 여성은 한국어를 조금 하는 모양이다.

"나도 한국어 좀 해요."

"잘하시네요."

"응, 단골 손님 중에도 한국인들이 꽤 되거든요. 그리고 요즘 '투피에무' 때문에 배우고 있어요."

"멋진 그룹이죠."

"맞아요, 호호호!"

직업의식인지 실제인지 알 수는 없지만 꽤 사람을 편안하게 해주는 사람이다.

"일하러 왔어요?"

"아뇨, 관광 삼아."

맥주를 건네며 다시 묻는다.

"호호! 일하러 왔으면 그곳에 놀러가려 했는데."

날 술집에서 일하는 호스트로 생각했나 보다.

기분은 나쁘지 않았다.

호스트나 연예인이나 어찌 보면 비슷하다. 둘 다 서비스업 아닌가.

"이건 서비스~"

"하하! 이러지 않아도 되세요."

"자주 놀러오라고 주는 거예요."

이놈의 인기란. 정말이지 외모지상주의란 말을 실감하게 된다.

여주인은 아주 내 얼굴을 뚫어져라 보며 흐뭇하게 웃는다.

윤승호로 살아간다는 건 어쩌면 행복이다.

하지만 그럴수록 병원에 누워 있는 내 육체에 대해 미안함이 든다.

이제는 나도 모르게 윤승호로 살아가는 걸 결정했는지 모른다.

그래서 매일 밤 내 육체로 돌아가 연결을 시도하고 있지만 예전과 같은 절박함은 없었다.

맥주 3병과 서비스로 주는 칵테일 2잔을 마시자 적당히 기분이 좋아졌다.

그리고 바에는 어느새 손님들이 꽤 들어와 있었다.

"잘 먹었습니다."

"이제 가려고요?"

"예. 덕분에 재밌게 보냈어요."

"덕분에?"

"'세이꼬 양 때문에'란 말이에요."

"나 조금 있음 끝나는데……."

세이꼬의 말이 무엇을 의미하는지는 알지만 그냥 웃어 주고 밖으로 나왔다.

이미 12시가 넘은 지 한참이라 거리는 아까보다 한산했다.

무섭다는 생각은 들지 않았다.

흑룡파의 사건 이후로 내 실력이 어느 정도 되는지 대략은 알고 있었다.

택시를 타기 위해 걷고 있는데 소란스러운 소리가 들린다.

으슥한 골목도 아니었고 큰길에서 약간 들어가 있는 길에서 시비가 붙은 모양인지 시끄럽다.

우리나라도 아니고 타국에서 그것도 양복을 입은 모습을 보니 야쿠자인 듯한 이들에게 맞고 있는 누군가를 구할 만큼 정의감은 없었다.

"마음대로 해! 개새끼들아!"

높은 고음에 무척이나 찰진 한국어 욕설이 들리기 전까지
는 말이다.

가까이에 다가가니 한국인으로 보이는 여성이 엉망인 모
습으로 바닥에 쓰러진 채 고함을 지르고 있었고, 세 명 중
한 명이 그녀의 머리채를 잡고 있었다.

"넌 뭐야? 꺼져!"

그중 한 놈이 알아듣지도 못하는 소리로 으르릉거린다.

그냥 얌전히 가라는 경고인 모양이다.

"씨발! 뭐라 씨부렁거리는 거야?"

내 스스로도 인식 못한 사이 내 입에서 거친 말이 나온다.

아무래도 기억 읽기의 부작용인가 보다.

"피해요. 이 사람들 야쿠자예요."

얼굴이 엉망인데 날 걱정스레 쳐다보는 여자.

하지만 이미 늦었나 보다.

놈들의 눈빛은 금세 사나워진다.

욕은 만국공통어라는 걸 새삼 깨닫는다.

일본까지 원거리 점핑이 가능하다는 건 호텔에 도착하자
마자 내 반쪽을 동수 형에게 점핑 시켜봄으로서 확인했다.

먼저 한국 병원에서 잠들어 있는 이지원에 있는 내 반쪽
을 여자의 머리채를 잡고 있는 놈에게 점핑시킨다.

"너 뭐라고 했어? 다시 한 번 말해봐."

고개를 45도 정도 오른쪽으로 기울이고 바로 코앞까지

다가와 뭐라 말한다.

"쪽바리 새끼들이 왜 한국 여자를 건드려?"

"키치가이(キチガイ：미친놈)? 크크!"

눈빛이 완전히 바뀌었다.

놈의 어깨가 움직이는 걸 보니 오른손을 날릴 작정인가
보다.

그전에 점핑한 상대의 기억을 읽었다.

"쓰레기만도 못한 새끼들!"

두둑!

흑룡파를 없앨 때처럼 머리에서 뭔가 끊어지는 소리가 들
린다.

"멈춰요!"

크지 않지만 당찬 목소리에 놈의 주먹이 내 얼굴 바로 앞
에서 멈춘다.

그리고 재빨리 뒤로 물러나며 90도로 허리를 굽히며 인
사를 한다.

하지만 눈빛은 날 향하고 있었는데 마치 '운이 좋은 놈'
이라 말하는 듯하다.

"료코 도모치 님?"

"역시 윤승호 씨였군요. 뒤태가 아까 만졌던 그대로더군
요."

이 아줌마가 별소리를 다하는군.

그나저나 검은 양복을 입은 사내들이 그녀의 뒤에 서 있
었고, 그녀는 아무 일도 아니라 듯 팬 미팅 때와 같은 표정

을 짓고 있다.

"한데, 여기는 무슨 일이죠?"

"관광이죠. 술 한잔하고 들어가려고 하는데 여자분의 비명 소리를 듣고 약간의 말다툼을 하고 있었죠."

"음, 약간의 말다툼은 아닌 것 같군요?"

"하하! 약간의 주먹도 오갈 뻔했습니다."

난 별거 아니라는 듯 말했다.

하지만 료코의 눈이 살짝 가늘어진다.

"상대를 잘못 선택한 것 같군요?"

"여자가 맞고 있는 걸 보고 있을 수만은 없잖아요."

"당신의 새로운 모습을 본 것 같아 기분이 좋군요. 여기는 제가 처리할게요. 그리고 호텔까지 데려다 드리죠."

"하하하! 잘됐네요. 안 그래도 이렇게 손이 떨릴 정도로 무서웠거든요."

내 손은 부들거리고 있었다.

료코는 안다는 듯이 고개를 끄덕이곤 야쿠자에게 가서 뭔가 말을 한다.

하지만 내 손이 떨리는 것은 그들이 두려워서가 아니다.

당장에라도 저들을 죽여 버리고 싶은 마음을 억지로 누르느라 생긴 현상이었다.

돌아서 있었지만 점평한 야쿠자를 통해 그들의 대화를 들을 수 있었다.

신기한 건 일본어를 잘 듣지도 못했던 내가 그들의 대화를 한국어처럼 알 수 있다는 것이다.

"길에서 이게 무슨 짓이냐!"

"죄, 죄송합니다."

"그리고 그는 나의 손님이다."

"몰랐습니다. 용서하십시오."

"더 이상 소란스럽게 하지 말고, 저 아가씨가 무슨 일을 했든 용서해라."

"도망을 치려고 했기에…… 핫! 알겠습니다."

료코가 날카롭게 쳐다보자 변명을 하려던 그는 대답을 하고 고개를 숙인다.

료코는 이곳 가부키쵸를 잡고 있는 야쿠자 집단의 상위 조직의 상위 조직인 도모치가의 오야붕, 사사키 도모치의 처였다.

그들로서는 얼굴도 보지 못할 정도로 엄청난 상대라는 소리.

"잘 말해뒀으니까 아가씨에게 피해는 없을 거예요."

"감사합니다."

"그럼, 차에 타세요. 데려다 드리죠."

난 사양하지 않고 차에 올랐다. 한시라도 바삐 호텔로 들어가서 해야 할 일이 있었기 때문이다.

"앞으로 일본에서 활동할 때 한 가지만 주의하면 돼요."

"말씀 안 하셔도 알 것 같네요."

"맞아요. 그들은 경찰도 두려워하지 않아요. 그나마 그들은 제가 좀 아는 이들이라 쉽게 끝이 났지만 제가 모르는 이들이었다면 큰일 났을 거예요."

"절대로 조심하죠. 그리고 아까 선물 감사합니다."

"옷 사이즈는 맞아요?"

"예! 아주 맞춘 듯이 딱이요."

"다행이군요. 대략 짐작으로 주문한 거라 걱정했는데."

오래 걸리지 않았다. 잠깐 대화를 하고 나자 호텔에 도착했다.

"푹 쉬어요."

"네. 료코 님도 편히 쉬세요."

"그러죠. 그리고 일본에 있는 동안…… 아니에요. 그럼."

'무슨 말을 하려고 했지?'

잠깐 의문이 들었지만 바로 내 방으로 올라갔다.

오늘은 길고 긴 밤이 될 것 같다.

11.
그 누군가의 팬

일본 야쿠자는 구조가 우리나라와 좀 다르다.

피라미드식으로 조직이 이루어져 있으며 하위 조직은 상위 조직에게, 조직 내에서도 하위 조직원들이 상위 조직원에게 돈을 바치는 구조이다.

꽤나 그럴싸해 보이는 구조지만 피라미드의 가장 하위로 내려가면 사정이 달라진다.

가장 하위 조직 가장 하위 조직원은 돈을 바치기 위해서 야쿠자라는 이름을 등에 업고 동네 양아치들과 개인 사채업자와 같은 야쿠자 밑에 있는 이들에게 돈을 걷는다.

그럼, 그 양아치들과 사채업자들은 어디서 돈을 얻을까?

야쿠자들은 말한다.

일반인에게 피해를 입히지 않는다고.

하지만 그건 새빨간 거짓말이다.

그들의 존재 자체가 일반 국민에게는 피해인 셈이다.

또한, 야쿠자는 한 번 돈을 빨기 시작한 사람을 놓아주는 법이 없다.

그들도 매달 상위 조직이나 조직원에게 돈을 바쳐야 하기 때문이다.

물론, 내가 일본 국민들까지 걱정해야 할 필요는 없다.

그러나 놈들의 마수에 빠진 우리나라 사람이라면 달라진다.

"쇼이치! 교육을 시켜라!"

"핫!"

건물의 지하.

어두운 조명 아래 아까의 용기는 어디 갔는지 부들부들 떨고 있는 아가씨가 보인다.

이미 엉망진창임에도 또다시 교육을 시키려는 악독한 놈을 바라보다 대답한다.

그리고 그가 아닌 다른 한 명의 몸으로 호텔에 있는 반쪽을 점핑시킨다.

"제발, 제발 부탁이에요. 절대 도망가지 않겠어요. 흑흑!"

쇼이치의 탈을 쓴 내가 각목을 들고 다가가자 아가씨는 묶인 상태에서 빌고 또 빈다.

"빨리 시작해!"

"알았어, 이 새끼야!"

"뭐라고? 케엑!"

난 각목을 휘둘러 놈의 얼굴을 후려갈겼다.

"이제 내가 교육을 제대로 시켜주지."

"너…… 이 새끼……!"

"아직도 아가리를 그딴 식으로 놀리지?"

퍽! 퍽! 퍽!

"윽! 컥! 윽!"

난 각목으로 마구 때리기 시작했다.

그리고 다른 한 명의 기억이 흘러들어 온다.

"죽어! 죽어! 이 새끼야!"

다른 한 놈의 기억을 읽어보니 똑같은 놈이다.

하지만 일단 내가 잠시 사용해야 할 몸이기에 참는다.

내 반쪽이 차지한 스즈키도 몽둥이를 들고 와 나랑 같이 패기 시작한다.

그리고 일순간 둘이 동시에 멈춘다.

이미 맞은 놈은 떡이 되어 있었다.

두 개의 화면으로 보이는 세상은 붉은 피가 묘한 쾌감을 느끼게 해준다.

'이런 미친!'

잠시 방금 전의 기분을 털어내고 두려운 눈으로 비명조차 지르지 못한 여자에게 다가가 묶인 끈을 풀어줬다.

"지금 당장 한국대사관으로 가!"

"에~? 아뇨, 아뇨, 아뇨."

내 말에 마구 고개만 저을 뿐 아니라는 말을 할 뿐이었다.

눈을 보니 이미 공포에 젖어 생각을 제대로 못하나 보다.

짝!

"똑바로 들어! 죽기 싫으면 우리가 나간 후 조금 있다가 택시 타고 한국대사관으로 가, 알았어?"

"예예예예!"

가볍게 때린 뺨 한 대에 정신을 차렸는지 이번엔 고개를 끄덕인다.

일본대사관은 신주쿠에서 두 블록만 가면 있었다.

그녀의 손에 택시비를 집어주고 일어났다.

"갈까?"

"좋지!"

쇼이치와 스즈키의 탈을 쓴 난 원맨쇼를 하며 지하에서 위층으로 올라간다.

위층은 바로 이들이 속한 나까무라조(組)의 근거지였다.

아침이 되기 전에 빨리 해결해야 한다.

멍청한 일본 경찰들이 건물의 경비를 서기 위해 오기 전에.

믿을 수 없게도 일본 경찰은 야쿠자의 건물을 지켜준다.

사고를 미연에 방지하기 위한 일이라 하지만 나에게는 너무나도 어이없는 일이었다.

"교육은 끝났어?"

"응!"

"하여간 한국 것들은 왜 그리 순응을 못해 툭하면 도망을 가는지 모르겠어."

"음, 그런 말을 들으니 한결 마음이 편해."

"뭐가?"

"널 죽이는 게!"

뿌드득!

스즈키가 말을 걸고 뒤에서 쇼이치가 가볍게 목을 꺾는다.

"화장실 빈 칸에 넣어둬."

"그러지."

쇼이치가 축 늘어진 그를 짊어지더니 화장실로 간다.

난 위층으로 올라갈 수 있는 로비로 나갔다.

"스즈키, 그년은 잡았어?"

"응. 방금 교육시키고 나오는 거야."

마침 일이 끝난 여자를 데리고 들어오는 녀석이 말을 건다.

"너도 도망갈 생각하지 마! 크크크!"

녀석은 여자의 팔을 잡고 누른 이를 드러내며 웃는다.

난 주변을 살펴보고 아무도 없음을 확인한 후 녀석의 턱을 향해 올려차기를 한다.

"켁!"

혀를 잘못 물었는지 토막 난 혀와 핏방울이 흩날린다.

그리고 뒤로 넘어진 녀석의 얼굴을 다시 강하게 발로 찬다.

비명도 지르지 못하고 축 늘어지는 놈.

"멍하니 있지 말고 한국대사관으로 뛰어!"

"예?"

"아님, 평생 여기에 있던가."

"스즈키, 너 뭐하는 짓이냐!"

차를 운전하는 놈인가? 입구에 나타난 녀석은 급하게 허리춤에 있는 권총을 잡아간다.

물론, 스즈키의 몸에도 총은 있다.

하지만 지금 소리가 나면 곤란하다.

난 손으로 뭔가를 던지듯이 앞으로 뻗는다.

"컥!"

하지만, 녀석의 목에 단검이 손잡이까지 파고든다.

쇼이치를 차지한 내 반쪽이 칼을 던졌는데 급하다 보니 똑같은 행동을 취한 것이다.

"으~ 아아악!"

여자는 비명 소리와 함께 밖으로 뛰어간다.

야시시한 복장의 그녀는 한국대사관으로 갈 가능성이 높다.

그동안 당한 일이 있으니 한국에 가고 싶을 것이다.

그게 아니라면 더 이상 어쩔 수 없다. 내가 평생 저들을 돌봐줄 수 있는 것도 아니다.

이곳에 붙잡혀 야쿠자들의 돈줄이 되고 있는 여자들은 처음엔 평범하게 아르바이트를 하러 온 대학생들이거나 한국 업소 종업원들이었다.

그러다 호스트에게 빠지거나, 마약에 손을 대면서 빚을 지게 되면서 자신들의 삶을 저당잡힌 것이다.

내가 해줄 수 있는 건 여기까지다.

다시 돌아와 똑같은 생활을 한다고 해도 그건 그들의 몫
이다.

쓰러진 두 명을 지하실로 내려가는 계단 아래로 옮기는데
엉망진창이 된 그녀가 조심스럽게 나오고 있다.

눈이 마주치자 살짝 고개를 숙이곤 밖으로 향한다.

"잘살아요."

"……."

잠시 멈칫하던 그녀는 다시 절뚝거리며 사라진다.

왜 그녀에게 그런 말을 했는지 모른다.

그냥 살기 위해 도망쳤던 그녀의 용기에 대한 답이었는지
도 모른다.

쇼이치는 로비에서 들어오는 이들을 담당하게 하고 난 위
층으로 올라갔다.

2층은 여자들이 묵는, 아니, 감금되어 있는 곳이었다. 3
명이 지키고 있었는데 올라가니 2명만 보인다.

"어이, 스즈키. 그년은 왜 안 데려와?"

"하! 너무 맞아 쇼이치가 대충 씻겨서 데려온다고 합니
다."

"빨리 끝나고 퇴근해야 할 것 아냐?"

"금방 1분 내로 올라올 겁니다. 한데, 료이스케 형님은?"

"크크! 안에 들어가서 해결하고 있다."

스즈키의 기억에 있는 료이스케는 발정난 개 같은 놈이었
다.

일에 지쳐 들어온 여자들을 괴롭히는 재미로 살아가는 놈.

"몇 명 들어오면 끝입니까?"

"셋! 이 새끼들 빨리 오라고 전화 좀…… 큭!"

"뭐, 뭐야?"

한 녀석의 목에 칼을 박고 다른 녀석을 향해 선도술 2단계를 바로 펼친다.

점핑을 한 대상으로는 1단계가 한계였다.

하지만, 피부호흡에 성공하면서 2단계가 가능했는데 대신 대상의 근육은 내가 빠져나가고 나면 엉망이 돼 버린다.

아까부터 홀과 피부로 빨아들인 기로 손을 감싼다.

흑룡파를 괴멸시킬 땐 생각 없이 때리다가 손에 뼈가 보일 정도로 무리를 했었다.

그래서 윤승호의 몸으로 돌아와서도 손이 아프다는 느낌이 들 정도였다.

해서 두 손에 들어온 기를 감싸는 법을 생각했고, 효과는 아주 훌륭했다.

집에 설치한 샌드백을 맨손으로 때려도 괜찮았고, 한 방한 방이 괴물 같은 힘을 발휘했다.

퍼퍼퍼퍼퍼퍼퍼퍼퍽!

총 9식이 3번의 짧은 호흡 안에 펼쳐진다.

놀라던 놈의 얼굴은 순식간에 피투성이가 되었고 가슴뼈와 갈비뼈는 함몰되었다.

입으로 검은 피를 쏟아내며 쓰러지는 녀석과 목에 칼을

꽂은 채 큭큭거리는 녀석은 곧 숨을 멈춘다.

어느 방에 놈이 있을까 생각하는데 들리는 말소리.

"야! 문 열어!"

문은 밖에서만 열수 있게 되어 있다.

료이스케가 일을 마쳤는지 문을 두드린다.

"크크! 오늘 내가 근무 서는 날이니 좀 있다 또 보자고."

바지도 입지 않고 자랑스럽게 나오는 료이스케.

피 냄새와 이상함을 느꼈는지 인상을 쓰며 돌아본다.

퍽!

"케에엑!"

사타구니에 정확히 발이 꽂힌다.

"다시! 다시! 다시!"

난 쓰러지려는 놈의 어깨를 손으로 붙잡고 마치 축구를 하듯이 놈의 사타구니를 집중적으로 찼다.

하지만 첫 방에 쌍방울이 터지며 세상을 하직했는지 더 이상의 비명도 움직임도 없다.

아래층 로비에 또 여자를 데리고 온 놈이 들어온다.

인사를 하고 얘기를 나누며 목을 꺾는다.

잠시 그 일을 한 후 쇼이치에게 밖에 망을 보게 만든 후 여자들이 있는 방문을 열고 외쳤다.

"조용히 챙길 것 챙겨서 도망가!"

얼떨떨한 표정을 짓는 그녀들에게 더 이상 아무 말도 안 했다.

그냥 모든 문을 열어두고 3층으로 향한다.

"여긴 무슨 일이냐?"

"료이스케 형님이 또 사고를 치셔서."

"이 새끼! 상품에 손대지 말라고 경고했는데."

"꺄아아아~"

시체를 본 여자들의 비명 소리가 때마침 울려준다.

3층을 지키던 2명 중 한 명이 아래층으로 내려가려고 하는 찰나 그의 다리를 걸며 등을 밀었고, 다른 한 명에 선도술을 펼친다.

퍼퍼퍼퍼퍼퍼퍼퍽!

마치 북을 두드리는 소리가 들린다. 튀어 오르는 피, 피, 피!

사고(思考)는 점점 잔인함의 끝으로 가고 있다.

이미 떡이 되어 버린 놈에게 계속해서 선도술 2단계를 퍼붓는다.

"이, 이 자식!"

"젠장!"

쭈뼛 서는 감각에 무작정 발을 튕겨 뒤로 날아오른다.

피를 갈구하다 계단을 구른 놈을 잠시 등한시했다.

탕! 탕! 탕! 탕!

유려한 곡선을 만들어내며 360도 회전을 하며 총을 꺼낸다. 놈이 쏜 총은 이미 떡이 되어 버린 녀석의 몸에 박혔다.

탕! 탕!

이미 총소리가 울렸다.

몇 발 더 울린다고 몰려들 놈들이 오지 않는 것은 아닐 터.

또한, 도망가기를 머뭇거리던 여자들도 총소리에 빠져나
갈 것이다.

영화와 같은 동작으로 놈을 죽였지만 상황은 만만치 않았
다.

"놈!"

탕! 탕! 탕!

바로 3층에서 몇 명이 나오며 날 향해 총을 쏜다.

난 몸을 살짝 피하며 나타난 놈의 홀(Hole)을 느끼고 점
핑을 한다.

이질감과 함께 아련한 총소리가 또렷해지고 스즈키를 향
해 총을 갈기는 이들의 뒤통수가 보인다.

방금 자신의 정신으로 돌아온 스즈키는 영문도 모르고 이
들의 총탄에 쓰러진다.

"아래층으……."

타탕! 타탕! 탕!

손에 든 쌍권총이 불을 뿜는다. 그리고 세 명은 그대로
앞으로 쓰러진다.

"어떻게 된 일이냐?"

아주 고맙게도 4층에서 나까무라가 3명의 경호원들과 내
려온다.

하지만 뒤이어 5명이 더 내려왔기에 바로 총을 쏘지 못했
다.

"적이…… 적이……."

연기는 나에게 아주 쉬운 일.

아주 자연스럽게 짧은 일본어를 반복하며 놀란 표정을 짓는다.

"막아라!"

"핫!"

그를 경호하던 3명이 그의 앞을 막으며 섰고 5명이 조심스럽게 앞으로 향한다.

'그 새끼, 참 새가슴이군.'

편하게 죽으려 했는데 쉽지가 않다.

이 순간 쇼이치는 마지막 여자를 내보내고 있었다. 그리고 마지막 여자가 가는 것을 보곤 로비로 들어와 허공에 총을 쏜다.

탕! 탕! 탕!

"교전 중인가 보구나. 조심히 내려가자."

난 재빨리 시체를 밟고 계단을 내려가 아무도 없다는 신호를 나까무라에게 보냈다.

그러자 3명이 나를 지나 앞으로 나선다.

'기회다!'

난 쇼이치를 움직여 2층을 향해 총을 발사했고, 그 순간 내 앞으로 간 3명에게 총을 쏘며 계단 한쪽으로 몸을 날린다.

"적입니다!"

나까무라와 부하들은 아래쪽으로 총을 겨눈 후 마구 발사하기 시작한다.

먼저 내려간 3명은 내 총에 맞고 같은 편의 총에 맞고 죽었다.

그리고 아래에 총을 발사하느라 날 전혀 의식하지 않고 있다.

난 두 자루의 권총을 들어 그들을 향해 발사했다.

타타타탕! 타탕! 타타타탕!

귀가 먹먹해질 정도로 복도는 총소리로 가득했다.

복부에 느껴지는 섬뜩한 느낌!

피하기는 늦었다. 자세가 벽을 기대고 있었고 두 손을 들고 있는 상태. 점핑을 하기에도 늦었다.

타앙!

복부에 느껴지는 화끈한 기운.

머리가 새하얗게 변할 정도로 엄청난 고통이 뒤이어 느껴진다.

"네놈이 감히 날 배신해?"

부하의 몸을 방패로 삼아 피했던 나까무라가 시체를 치우며 일어나 외친다.

탕!

"으아악!"

난생처음 느껴보는 고통이 다시 느껴진다.

고통으로 인해 점핑을 해야 한다는 생각마저 날아가 버린다.

하지만 이번엔 머리가 따끔거린다.

'여기서 죽을 수 없다.'

점핑을 하려면 홀을 느끼고 주문을 외워야 한다. 주문은 이제 입에 붙어 2~4초면 외울 수 있다.

그 시간이 대략 5초.

또한 내 육체가 당기는 힘을 이용해서 돌아가면 그보다 짧은 시간에 이동을 할 수 있는데 그 시간도 부족하다고 내 육감은 말하고 있다.

반쪽인 영체라 어떻게 될지 모르지만 여기서 죽을 수 없다는 생각이 온몸을 지배한다.

슬로우 비디오처럼 방아쇠를 당기는 그의 손동작이 보였고, 그 순간 그의 홀을 느꼈다.

오로지 저 안으로 들어가야 한다는 생각뿐 주문도 잊고 죽는다는 사실도 잊었다.

팟! 탕!

이질감이 느껴진다.

"휴~ 살았다."

아찔한 순간이었다.

방금 전까지 내가 차지하고 있던 인물은 머리가 터진 채 쓰러져 있었다.

왜 쓸데없이 자꾸 이런 일에 끼어드는지 모르지만 하더라도 두 번 다시 경거망동한 행동을 해서는 안 되겠다는 다짐을 한다.

이제 마무리를 지을 차례다.

돌아올 사람이 셋이라고 했으니 둘은 이미 로비에서 구했고, 이제 한 명만 구하면 오늘 일은 끝이다.

손영옥은 잡혀 있던 건물에서 총소리가 울릴 때마다 몸을 움찔거린다.

그리고 다시 용기를 내어 건물 입구를 바라본다.

아직까지 새벽이 되려면 시간이 남았지만 총소리에 곧 경찰이 도착할 것이다.

그전에 그녀가 기다리는 송재인이 구출되기를 바라본다.

같이 지내던 여자들이 우르르 나와 사라지고 전쟁이라도 일어난 듯 들리던 총소리도 더 이상 들리지 않고 있다.

아까 자신을 구해준 사람이 바깥의 동정을 살피다가 다시 들어가는 모습이 보인다.

"어떻게 돌아가는 거야?"

혹여나 누가 듣기라도 할까 나지막이 중얼거리는 그녀의 머리로 과거의 일이 주마등처럼 스쳐 지나간다.

평범한 가정에서 태어나 이름 있는 여대에 입학한 손영옥은 용돈이 부족하다는 걸 제외하곤 행복하게 사는 편이었다.

하지만, 대학생활을 하다 보니 부유하게 사는 친구들이 부러워졌다.

그들이 들고 다니는 명품 핸드백과 옷을 그녀는 너무나 갖고 싶었다.

결국 선택한 것이 아르바이트.

하지만 시간당 4,000원이 조금 넘는 돈에 하루 8시간씩 휴일 없이 일해도 100만 원이 되지 않는 돈을 받아서는 그녀가 원하는 것을 얻을 수 없다는 걸 알게 되었다.

그때, 보게 된 것이 일본의 클럽(Club)과 바(Bar)의 구인 광고였다.

그녀는 이런 광고에 사기 사건이 많다는 걸 알고 꽤 많은 조사를 했다. 그리고 어학연수를 핑계로 일본으로 와 본인이 직접 클럽에 일자리를 구했다.

처음에 약간 불안한 마음도 있었지만 직접 일을 하다 보니 이만한 아르바이트가 없다는 생각이 들었다.

처음 겨울방학 동안 3개월만 일하고 한국에 돌아갈 생각을 했던 그녀는 3개월만에 생활비를 제외하고도 2,000만 원을 넘게 벌었다는 사실에 놀랐고 1년을 더 지내기로 결정을 내렸다.

하지만 그게 실수였다.

그녀를 찾는 단골 손님 중 젊고 돈 많은 남자가 있었는데 그 남자와 사귀게 되면서 인생은 갑자기 나락으로 빠졌다.

그 남자는 야쿠자의 하수인이었다.

자신도 모르는 사이에 마약 중독이 되었고, 결국 모아둔 돈은 사라지고 엄청난 빚만이 그녀에게 남게 된 것이다.

이후의 삶은 지옥이었다.

그들에게 이끌려 다니면서 갖은 변태들의 노리개가 되어야 했다.

자기와 같은 이들은 많았다.

한국에서 팔려온 이들도 있었는데, 송재인이 그런 아이였다.

그녀는 이렇게 살 바에야 죽겠다는 심정으로 탈출을 시도했다.

실패 시 어떤 일을 당할지는 알고 있었다.

하지만 지옥을 벗어나 자신들이 당하고 있는 걸 세상에 알리고 싶었다.

한국대사관이 바로 옆이니 저들의 눈을 잠시만 피하면 도망칠 수 있을 것이라 생각했다.

손님에게 수면제를 먹여 재운 후, 화장실에 나 있는 작은 창문으로 빠져나왔지만 야쿠자들이 기다리고 있었다.

그들의 모진 매질에 소리를 질렀다.

"마음대로 해! 개새끼들아!"

"이년이!"

퍽!

"아악!"

또다시 시작되는 매질, 하지만 일순 멈춘다.

"넌 뭐야? 꺼져!"

"씨발! 뭐라 씨부렁거리는 거야?"

또렷한 한국어. 기뻤다. 하지만 그것도 잠시 야쿠자들과 싸우려는 사람을 보았다.

어디선가 본 듯한 얼굴.

'아! 윤승호.'

한국에서 유명한 가수이자 배우인 그였다.

경찰이 와도 해결이 안 되는 상황인데 무모해 보이는 그의 행동에 한마디를 던진다.

"피해요. 이 사람들 야쿠자예요."

그와 눈빛이 마주쳤다.

두려워할 것이라는 그녀의 생각은 틀렸다.

그녀가 보기에 윤승호의 눈빛은 너무나도 무섭게 번뜩이고 있었다.

하지만, 갑자기 나타난 어느 여자로 인해 분위기는 일순간 바뀌었다.

윤승호가 자신을 구해줄 것이라 믿지는 않았지만 마음 깊은 곳에서는 구해줄 것이라는 생각이 있었는지 밀려드는 절망감에 눈물이 흐른다.

그 여자와 윤승호, 그리고 야쿠자들은 말로 잘 해결이 되었다.

이제는 끌려가서 교육이라는 명목으로 죽도록 맞는 일만 남았다.

마지막으로 차에 오르는 윤승호를 본다.

움찔!

그녀가 몸이 떨릴 정도로 무서운 얼굴을 하고 있었다.

하지만 그것뿐이었다. 그는 떠났고 그녀는 다시 갇혀 지내던 건물의 지하로 끌려오게 되었다.

탕!

"까아아아아아~"

손영옥은 총소리와 송재인의 비명 소리에 정신이 번뜩 돌아온다.

건물 내부에서 일어나는 일이라 보이지는 않지만 지금까

지 상황을 봤을 때 대략 짐작은 간다.

아니나 다를까, 송재인이 비틀거리며 떠밀리듯이 밖으로 나오는 모습이 보인다.

"재인아!"

"……."

"재인아!"

"어, 언니! 얼굴이 왜?"

손영옥은 재빨리 뛰어가며 송재인을 불렀고, 멍하니 정신을 못 차리고 있던 그녀는 손영옥의 목소리에 정신을 차리고 돌아본다.

"이, 이게 어떻게……."

"말은 그만하고 빨리 한국대사관으로 가자."

손영옥은 다짜고짜 송재인의 손을 잡고 지옥과 같은 생활을 했던 곳을 벗어나려 한다.

"얼른."

여전히 어리둥절해하는 송재인을 팔을 당기며 건물 안에 있는 남자와 시선이 마주친다.

과거에는 그녀를 감시했던 놈이었고, 갑자기 새벽부터 돌변해 동료를 죽이고 자신을 구한 놈.

그는 잠시 손영옥을 보고 있다가 시선을 돌리고 안쪽으로 들어간다.

송재인도 이제 상황을 대략이나마 이해를 했는지 움직이기 시작한다.

애앵~! 앵!~ 앵!

어느 정도 벗어났을 때 경찰들이 오는 소리가 들린다.

이제는 제법 멀어져 잘 보이지 않는 야쿠자들의 건물을 바라본다.

타~~앙!

또다시 들리는 총소리.

"언니, 빨리!"

좀 전까지 멍하니 자신에게 이끌려 오던 송재인이 반대로 그녀를 당긴다.

"헉! 헉!"

가쁜 숨을 몰아쉬는 손영옥과 송재인의 눈에 한국대사관이 보인다.

문은 열려 있었고 새벽임에도 수선스러운 모습이다.

"저기 또 옵니다!"

한국어로 말하는 경비원의 목소리와 어두운 밤하늘에 펄럭이고 있는 태극기를 보는 순간 가슴속에서 뭔가 울컥하는 게 느껴지는 손영옥.

결국 대사관의 문턱을 넘는 순간 눈물이 하염없이 쏟아진다.

"상처가 심한 분이 있습니다. 의사 선생님을 불러주십시오!"

옆에서 무슨 소리가 들렸지만 그녀는 지금 울고 싶을 뿐이었다.

그렇게 그녀는 조국의 품으로 돌아왔다.

◆ ◆ ◆

한 달 뒤. 손영옥의 집.

"영옥아, 소포 왔다!"

손영옥의 어머니는 손에 소포를 받아들고 일주일 전에 일본에서 돌아온 딸아이를 찾는다.

"얘가 도대체 뭘 하고 있기에……."

딸아이의 방을 벌컥 열며 소리친다.

"소포 왔다고!"

"깜짝이야! 왜 고함은 지르고 그래?"

"부르면 대답을 해야지, 이 기집애야!"

"공부하느라 그랬지. 무슨 일인데?"

"자! 일본에서 소포 왔다."

"어, 어? 일본에서?……."

"그래, 또 일본에 가려는 건 아니겠지?"

손영옥은 일본에서 소포가 왔다는 말에 화들짝 놀라다가 샛눈을 뜨고 바라보는 엄마에게 핑계를 댄다.

"두 번 다시 일본은 안 가. 다음 학기에 복학하려면 공부도 해야 하는데 내가 거길 왜 또 가."

"하여간 핑계는."

말은 그렇게 했지만 일본에 가서 1년이 넘게 연락이 안 되다 일주일 전에야 '나 돌아왔어.'라며 돌아온 딸애를 보며 얼마나 울었는지 모른다.

그래서 일본에서 온 소포에 다시 일본을 간다고 할까 봐

은근히 걱정이 되는 영옥의 어머니였다.

"어디서 온 거지?"

어머니가 나가자 손영옥은 소포를 보며 잠시 망설인다.

일본의 한국대사관에 무사히 도착한 손영옥과 그 일행은 그 다음 날 모두 한국으로 돌아왔고, 몇 가지 조사 과정을 거친 후 귀가 조치되었다.

하지만 그녀와 일행 중 상처가 심한 이들은 병원에서 치료를 받고 정상적으로 되었을 때 비로소 집으로 올 수 있었는데 그게 일주일 전이었다.

소포에 적힌 주소는 도쿄이긴 했지만 전혀 생소한 곳이었다.

"후~"

그녀는 깊게 한숨을 쉰 후, 소포를 뜯었다.

그 안에는 통장과 막도장 그리고 편지지가 있을 뿐이었다.

먼저 편지지를 펼쳤다.

일본에서 잊고 간 게 있어서 보냅니다.
두 번 다시 어리석은 짓은 하지 않길 바랍니다.
잘살아요.

아주 짤막한 글이었다.

하지만 마지막 '잘살아요.' 라 적힌 곳에서 시선을 못 떼는 그녀였다.

잊으려고 하지만 잊히지 않는 기억.

그녀에게 그렇게 말하던 놈의 눈빛이 선명히 떠오른다.

잠깐 고개를 흔들어 연쇄적으로 일어나는 나쁜 기억을 털어내고 통장을 열었다.

손영옥이라는 이름과 함께 밑에 은행 잔고가 보인다.

9,000만 원.

많고 적음이 문제가 아니었다.

그 9,000만 원이라는 돈에 잃어버린 소중한 것들이 떠오른다.

―내가 가고자 하는 곳은~ 당신의 마음인데~ ♬

전화벨 소리에 정신을 차린 그녀는 누구인지 확인해 본다.

송재인이었다.

"응, 재인아."

―언니, 언니도 소포받았어?

다짜고짜 말하는 송재인의 말을 이해하는 손영옥.

"너도 소포받은 거야?"

―언니도 받았구나. 아주 가슴이 철렁해서 떨어지는 줄 알았다고.

"나도 그랬어."

―이 돈 사용해도 이상은 없는 걸까?

재인의 말에 왜 '잘살아요.'라는 말이 떠오르는지 모르겠다.

"네 이름으로 되어 있으니 당연히 사용해도 될 거야."

─응, 언니가 그렇게 말하니 좀 안심이 된다. 왠지 쓰기
가 무서워서…….

"나도 그래. 하지만 우리를 위해 쓰면 될 것 같아."

─마침 필요한 돈이기도 해서 쓰려고 하는데 겁이 나서
언니한테 전화한 거야. 언니 그럼 또 연락할게. 다음 달쯤
한 번 봐요.

"응! 잘살아."

─호호! 언니두요.

무심결에 그가 자신에게 한 말을 재인하게 한다.

그리고 그가 왜 그런 말을 했는지 어렴풋이 이해가 되었
다.

그는 누구였을까?

물론, 야쿠자인 그를 말하는 것은 아니었다.

눈빛은 분명 누군가의 눈빛을 닮아 있었다.

이제 손영옥은 그 누군가의 팬이 되었다.

12.
이지원 환자! 뭘 하는 거예요?

"우와! 멋있다."

"그러게 정말 예쁜 동네다."

"거봐! 괜찮다고 했지? 승호야! 바깥 풍경 봐!"

"우르사이!(시끄러워!)"

"……"

시끄럽던 차량은 일순 조용해진다.

지금 내 반쪽으로 나까무라를 조종하여 그의 재산 중 당장 돈이 될 만한 것들을 처리하고 있다.

그런데, 자꾸 옆에서 종알거리는 도대체 집중을 할 수가 없다.

그래서 일어로 소리를 지르고 만다.

"미안, 잠깐 딴생각 중이었거든."

"괘, 괜찮아."

수행팀에게 미안함에 사과를 했지만 이미 싸늘한 분위기다.

바깥의 풍경은 생각한 것보다 훨씬 더 이국적인 풍경이다.

역시 일본의 유명 온천지답다는 생각도 잠시.

지금은 풍경이 중요한 것이 아니었다.

빨리 호텔에 들어가 이지원의 몸으로 점핑하는 게 우선이었다.

아니면 이지원이 다시 쓰러졌다고 각종 검사를 한다고 난리를 피울 게 뻔하다.

후지야(富士屋)료칸·호텔에 도착을 했다. 130년이 넘고 300명이 넘게 투숙할 수 있다는 얘기를 동수 형이 했지만 귀에 들리지 않았다.

"형, 난 잠깐 쉴 테니까 일어날 때까지 깨우지 마. 그리고 마음껏 즐겨요. 혹시 회사에서 지원 못하는 것 있으면 제가 지불할 테니까."

"응, 그래."

"재밌게들 놀아요."

마지막으로 그들에게 인사를 하고 호텔방으로 들어온 나는 문을 닫고 이지원에게로 점핑을 한다.

이지원의 정신세계로 들어온 난 바로 육체와 일치화를 시도한다.

"……이지원 환자, 정신 차리세요."

"아웅~ 왜 그러세요?"

"아! 정신을 차렸군요."

"어젯밤 늦게까지 책을 읽다가 잠들어서 늦잠을 잤나 봐요."

"그, 그래요?"

의사가 간호사를 바라보는 눈빛이 날카롭다.

간호사가 괜한 호들갑을 피웠다고 생각하는 모양이다.

"다행이네요. 혹시 무슨 일이 생겼나 걱정했는데."

"죄송해요."

"아뇨, 아무 이상 없으면 더 좋죠. 그럼 푹 쉬어요."

의사는 간호사에게 한바탕 쏟아부을 생각인지 고갯짓으로 간호사를 데리고 나간다.

간호사에게 미안하지만 앞으로 혹 이런 일이 또 있을 수 있으니 나에게는 다행스러운 일이었다.

아직까지 식사 전이라 옆에 놓인 병원 밥을 먹는다.

"6,000원이 넘는 밥이 왜 이 모양이야."

밥을 먹으면서도 짜증이 난다.

이따위 걸 먹고 살이 찌고 있는 이지원이 이상하다.

아마 내가 행하는 선도법과 선도술 때문에 그나마 버티는 것일 수도 있다.

조만간 이지원을 퇴원시켜야 하는데 내 육체를 혼자만 두기엔 좀 불안하다.

아무래도 이사장의 몸으로 점핑해서 다시 한 번 신경과 과장에게 한마디해야겠다.

밥을 치우고 윤승호로 사다놓은 여러 가지 영양제와 음식을 추가로 먹는다.

링거와 주사를 맞고 점심이 지나서야 점핑이 가능했기에 침대에 누워 선도법 4단계를 행하며 눈을 감는다.

"이 벤츠 팔면 얼마나 할까?"

"예? 아! 예. 잠시만 기다려 주십시오."

중고차 상인은 내가 타고 온 차를 이곳저곳 확인한다.

경찰을 피해 도망 나온 나까무라의 탈을 쓴 난 그가 가진 것 중 돈이 되는 건 모조리 처리 중이다.

그가 끼고 있던 목걸이, 반지는 물론이고 그의 집에 있는 돈 나가는 물건은 차에 실고 나와 다 팔아 버렸다.

마지막 남은 것이 바로 이 차량.

'야쿠자 주제에 이렇게 비싼 벤츠라니.'

여자들을 노리개로 만들고, 마약을 팔아 번 돈으로 떵떵거리며 살고 있는 놈을 그대로 두고 볼 수 없었다.

그리고 어차피 이놈은 죽는다.

그러니 남길 필요가 없었다.

"200만 엔 나왔습니다."

"뭐?"

1,000만 엔이 넘는 차다. 그것도 얼마 전에 바꾼.

난 최대한 한쪽 눈썹이 위로 가게 치켜뜬 후, 고개를 45도 각도로 기울이며 불량스럽게 물었다.

"그게, 저……."

"내가 당장 돈이 필요하다고 날로 먹겠다는 거야?"

"아, 아닙니다. 하지만 중고차 시장에서는 이 가격이……."

"관둬! 차라리 불을 확 싸질러 버리지 그렇게는 못 팔아!"

"소, 손님."

"이 차가 어떤 차인지 알아? 내가 바로 얼마 전에 1,000만 엔이 넘게 주고 산 차야! 그냥 산 곳에 가서 환불받는 게 낫겠다."

"그럼, 250만 어떻습니까?"

물론, 전혀 불을 낼 생각도 없었고, 더 이상 시간을 끌 생각도 없었다.

난 내가 원하는 금액을 불렀다.

"350만 엔!"

"그렇게 해선 저희가 남는 게 없습니다. 280만 엔까지 드리겠습니다."

"350만 엔!"

난 다시 인상을 썼다.

야쿠자 특유의 으스대는 행동을 그대로 재현한다.

아무리 못해도 500만 엔은 넘게 받을 수 있는 차다. 안 되면 옆집에 가서 팔 생각이다.

"320만 드리겠습니다."

"됐어! 옆집에 가서 팔지, 뭐."

"아, 알겠습니다. 350만 엔 드리겠습니다."

"진작 그럴 것이지."

난 벤츠 안에 든 돈 가방을 들고 몇 개의 서류를 작성한 후 350만 엔을 챙겼다.

가방은 묵직했다. 몽땅 헐값에 팔았지만 꽤 많은 돈이 생긴 것이다.

그 길로 바로 은행으로 향했다.

나까무라가 주로 이용하는 은행이었기에 귀빈 대접을 받을 수 있었다.

"나까무라 상. 어떤 일로 오셨습니까?"

"통장에 있는 돈하고 이 가방에 있는 돈을 이 계좌로 옮겨주시오."

난 흑룡파 두목이 가지고 있던 스위스은행 계좌번호를 그에게 건넸다.

"헛! 그 정도 금액이면 한 번에 옮기는 것은 힘듭니다. 정부에서도 그러한 거래는……."

"이건 수고비요. 항상 신세를 졌으니 이번 한 번만 더 집시다."

난 100만 엔 돈뭉치를 그 앞에 던졌다.

"제가 알아서 처리하겠습니다."

"고맙소."

나까무라가 가진 모든 돈은 모조리 내 손으로 들어왔다.

이제는 마지막 이 몸만 처리하면 끝이다.

나까무라는 죽을 때 할복을 하고 싶어 했다.

마지막 소원이니 들어주고 싶지만 내가 아플 테니 사양이다.

그래도 죽을 때 자신이 죽는다는 걸 느끼게 해주고 싶었다.

"저곳이 좋겠군."

난 고층 빌딩 한 곳을 선택했다.

그리고 엘리베이터를 타고 최상층으로 올라갔다.

멋지게 꾸며진 옥상 공원이 있었다. 문제는 안전망이 꽤 높다는 거.

난 주섬주섬 그 안정망을 타고 올라간다.

"이봐요! 무슨 짓을 하는 겁니까?"

공원에서 담배를 피고 있던 한 청년이 달려와 묻는다.

"그건 신경 쓸 것 없고. 한 가지 물읍시다. 어느 쪽이 사람들이 안 다니는 곳이요?"

나까무라의 인상에 청년이 말없이 손으로 가리킨 곳은 내가 올라가던 반대편이었다.

"고맙소."

난 청년에게 답을 한 후, 반대편 철조망을 오른다.

위가 구부러져 오르기 힘들었고 여기저기 상처가 입었지만 개의치 않았다.

철조망의 반대편으로 내려가는데 오금이 저릴 정도로 무섭다.

"크크! 번지 점프인가?"

"이봐요! 자살할 생각이라면 다시 한 번 생각해 보세요."

혼잣말을 중얼거리는데 아까 그 청년이 다시 날 말리려 든다.

의외로 강단이 있어 보이는 청년.

"그럼, 묻겠소. 야쿠자는 어떤 인간이오."

"그, 그건…… 그들은 쓰레기요."

"하하하! 맞소. 이 몸은 야쿠자. 쓰레기죠. 그래서 버리는 것뿐이오."

난 말과 함께 몸을 날렸다.

엄청난 바람으로 하늘을 나는 기분도 잠시 아래로, 아래로 속도를 더하며 떨어져 내린다.

난 내 스스로에게 묻는다. 죄의식은 없느냐고.

물론, 죄의식은 있다.

하지만 난 일본의 고층 빌딩에서 쓰레기를 투척한 죄밖에 없다.

윤승호의 몸으로 점핑을 한다.

나까무라는 짧은 순간 지옥을 맛볼 것이다.

◆　　◆　　◆

후지야호텔은 각 방마다 온천욕을 즐기게 할 수 있었고, 공동 온천탕과 온천 수영장도 있었다.

하지만 더운 초여름 날씨에 물만 온천수라는 걸 제외하곤 대중 목욕탕과 다를 바가 없었기에 즐기기엔 무리가 있었다.

"후~ 흡!"

지금 선도법 4단계를 행하며 27식을 한 호흡에 펼치는 선도술 4단계를 펼치고 있다.

이제 호흡은 가능한데 27식을 한 호흡에 펼치려다 보니 집중을 하지 않으면 중간에 손발이 약간씩 혼란스러워진다.

하지만 나까무라에게 죽을 뻔했을 때의 집중력을 발휘한다.

파아앙!

공기가 찢어지는 듯한 소리와 함께 선도술 4단계가 이루어졌다.

"됐다!"

처음으로 선도술 4단계에 성공한 것이다.

기쁨을 표하고 나니 집중력이 깨졌는지 바로 손발이 어지러워진다.

똑똑!

"승호야 자니?"

동수 형이다.

오전부터 전화로 온천 투어나 가자고 성화였다.

물론 거절을 했었다.

그랬더니 아예 찾아온 것이다.

"운동하고 있었어?"

물을 열자 편안한 복장의 동수 형이 흐르는 땀을 보더니 묻는다.

"전 안 간다니까요."

"그래도 같이 가자. 숙희 누나와 애들도 밑에서 기다리고 있어."

"온천이야 호텔에도 있잖아요."

"어제 한 곳에 가봤는데 호텔보다 좋더라. 네가 원하는 야외 온천도 있어."

"그래요?"

야외 온천이라는 말에 약간 마음이 동한다.

이런 내 마음을 알았는지 동수 형은 손을 잡아끌며 적극적으로 날 이끈다.

"그럼! 어제 나갔다가 찜해 놓은 곳인데 가자."

"그래요, 가요."

그래도 명색에 해외여행인데 호텔방에만 있다가 가기엔 아쉬운 마음도 있었다.

"오빠, 왔어?"

"응, 오래들 기다렸지?"

"아, 아니."

오래 기다린 표정이 역력하다.

이들도 내 눈치 보느라 꽤 힘들 것이다.

"자, 가요."

난 모른 척했다. 굳이 구구절절 핑계를 대기도 어중간하다.

첫날부터 우리를 가이드하던 재일교포분의 차를 타고 잠깐 달리자 목적지에 도착할 수 있었다.

"아저씨도 같이 들어가요."

"아뇨, 전 여기서 기다리겠습니다."

"같이 가요. 얼마나 걸릴지 모르는데 밖에서 뭐해요?"

우리 일행과 가이드 아저씨는 온천 안으로 들어갔다.

"어서 오세요."

우리나라 찜질방과 비슷한 느낌이 드는 카운터.

뒤에는 수건이, 앞에는 각종 목욕 용품들이 있다.

다른 점은 가격이었는데 100엔에 1,500원으로 계산하면 삼만 원에 가까운 돈이었다.

점원이 주는 열쇠를 받아들고 안으로 들어갔다.

"이거 찜질방하고 너무 비슷하네."

"호호! 그래도 느낌이 다르잖아."

내 말에 숙희 누나가 변론을 하듯이 말한다.

제일 먼저 보이는 곳은 간단한 음식점.

야외 풍경을 보면서 식사를 할 수 있었다.

"점심시간도 다 됐으니 밥이나 먹고 놀아요."

"그래, 일단 배를 채우고 온천을 즐기자."

긴 의자가 없었기에 남녀가 따로따로 자리를 잡고 앉았다.

"승호야, 뭐 먹을래? 이건 회초밥이고, 이건 생선구이……."

"저도 알아요. 전 생선구이 먹을게요."

메뉴판을 보니 한눈에 뭐가 뭔지를 알 수 있었다.

야쿠자에게 점핑을 해 기억을 읽어서인지 일본어에 대한 이해는 물론, 웬만한 말도 술술 하게 되었는데 이유는 딱히 알 수가 없었다.

"우리는 이거 먹으면 되겠다. 누나는 뭐 먹을래요?"

"응, 우리는 우동 먹을래."

"여기는 제가 낼 테니까 먹고 싶은 거 먹어요."

직원들의 서러움은 어디를 가나 한 끼 식사비가 정해져 있다는 것이다.

특히나 일본과 같은 고물가(高物價)의 나라에서는 정해주는 가격으로는 먹을 게 드물다.

"우동도 괜찮은데……."

"숙희 누나는 초밥 좋아하잖아요. 그거 먹어요."

"그래도……."

"그럼, 나도 초밥!"

"나도!"

역시 먹고 싶은 건 따로 있었나 보다.

연하와 효진이 초밥을 주문하자 다른 이들도 초밥을 주문한다.

음식은 담백하니 그냥저냥 먹을 만했다.

윤승호의 몸을 차지하고는 한동안 음식을 탐했지만 요즘은 그것도 시들하다.

이지원의 몸까지 같이 움직이니 하루에 6끼를 먹는 느낌이라 배고프지 않을 땐 음식생각도 나지 않았다.

다른 이들은 만족스러운 모양이다.

그들의 웃는 얼굴이 보기가 좋다.

"오빠, 이거 먹어봐요. 맛있어요."

"아냐, 너나 많이 먹어."

"드라마 찍으려면 아직 많이 남았잖아요? 벌써 체중 조절하는 거예요?"

"아니. 요즘은 소식(小食)이 좋아."

효진이 초밥 하나를 나에게 건네다 내 설명에 날름 자신의 입으로 넣는다.

연예인의 가장 슬픈 점은 일부를 제외하곤 먹을 걸 못 먹는 게 아닌가 싶다.

특히, 여자들의 경우는 정도가 심하다.

약간만 쪄도 카메라엔 퉁퉁하게 보이니 죽을 둥 살 둥 다

이어트를 한다.

"어라? 여기도 남녀탕으로 나눠져 있네."

식사 후 탕으로 향하는데 내 마음을 연하가 대신 말해준다.

"가족탕과 전세탕은 따로 마련되어 있습니다. 비용은 따로 지불해야 하고요."

가이드 아저씨의 친절한 설명.

딱히 누군가의 몸매를 봐야겠다는 생각이 없었으므로 난 남탕으로 향했다.

실내 온천탕과 사우나는 패스.

비싼 돈 주고 들어왔는데 우리나라 찜질방보다 열악함에 잠시 인상을 쓰다가 야외 온천으로 향한다.

"오! 여기 좋은데."

"괜찮네요."

일본식 정원에 마련된 야외 온천은 TV와 기억 속의 온천과 비슷했다.

평일에 여름이 다가오고 있어서인지 야외 온천에는 아무도 없었다.

"후~ 좋네요."

뜨끈뜨끈한 물에 몸을 담그고 녹음(綠陰)이 드리워진 풍경을 바라보니 기분이 좋아진다.

"승호야, 요즘 운동하니?"

뜬금없는 질문.

마치 부러운 눈으로 내 상체를 훑고 있는 동수 형의 눈빛에 한기가 살짝 든다.

"그냥 간단히 하고 있어요."

"사장님이 너 헬스장 안 다닌다고 걱정하셨는데 문제없겠다."

선도법과 선도술을 하면서 몸이 좋아진 건 사실이다.

겉으로 보기엔 약간 마른 몸매지만 힘을 주면 딱 보기 좋을 정도로 발달된 근육이 온몸을 감싼다.

그래도 저런 눈빛으로 보는 걸 용서할 내가 아니다.

난 손바닥을 들어 물을 쳐 동수 형의 얼굴에 물을 뿌린다.

팍!

"앗! 뜨거! 갑자기 왜 그래?"

"그런 음흉한 눈빛으로 날 보지 말아요."

"무, 무슨 소리야!"

"아니면 됐고요."

"하여간……. 참, 오늘 SFS 온다더라."

"그래요?"

"응. 이틀간 쉬다가 다시 일본 활동 계속한다고 하더라."

병원에서 SFS의 은진과의 키스가 생각이 난다.

그 당시에는 영체로 8년간 살아오던 내게 꽤나 색다른 경험이었다.

윤승호의 껄떡거림에 내가 득을 본 거지만 지금은 딱히 은진에 대해 이렇다 할 마음은 없었다.

'나도 나쁜 남자인가?'

오는 여자 안 말리고 가는 여자 안 잡는다는 마음이다.

윤승호로 살아가면서 아주 많은 이들의 기억을 읽은 것은 아니지만 일반인이 살아가는 세상과 너무나도 동떨어져 있으면서도 살아가는 방식은 차이가 없는 곳이 연예계였다.

그래서인지 내 성격도 많이 바뀌었다.

아무래도 신 사장의 기억을 너무나 과도하게 본 영향이 아닌가 싶다.

은진을 생각하며 온천물에 머리까지 몸을 뉘어본다.

지금은 그냥 흐르는 대로 살아볼 생각이다.

◆　◆　◆

SFS의 일곱 요정은 4시경 도착했다.

"안녕하세요, 선배님."

"안녕하세요, 승호 오빠."

"응, 활동하느라 피곤할 텐데 빨리 들어가서 쉬어."

같은 소속사의 동생들인지라 내 방에 인사를 왔다.

스케줄을 마치고 바로 왔는지 무대 의상 그대로였다.

"그럼, 오빠도 쉬세요."

"그래, 내일 시간 되면 맛있는 거 사줄게."

"까~ 좋죠!"

"비싼 거 먹어야지."

일곱 명의 아가씨들이 한마디씩 던지는데 정신이 없다.

밤에 은진이 변장을 하고 왔을 땐 잘 몰랐는데 오늘 멤버들과 같이 있는 모습을 보자 마치 인형처럼 예쁘게 생겼다.

일곱 명의 인형들이 사라지자 방에는 그들이 남기고 간

향수와 화장품 냄새로 가득하다.

"나도 어쩔 수 없는 남자였군. 쩝!"

아무런 마음이 없었다고는 하지만 은진이 말없이 그냥 가 버리니 약간은 서운한 마음이 든다.

그리고 실제로 보니 다시 흑심이 생기는 건 내가 생각해도 약간 어이가 없다.

이지원과 나의 홀을 느끼며 선도법 4단계를 행하며 소파에 앉아 책을 읽는다.

온천도 더 이상 즐기기엔 귀찮았고, 내 일본어 실력이 어느 정도인지 알아보기 위해서였다.

역시나 신기하다.

일어로 된 잡지책인데 마치 한글로 된 잡지책을 보듯이 아무런 막힘이 없다.

어떤 작용으로 이렇게 되었는지 몰라도 앞으로 해외에 나가도 언어 걱정은 없을 것 같다.

정신 이동은 하면 할수록 괴상한 능력들을 선보이는데 '유체 이탈과 정신 이동 방법' 이라는 책을 다시 보고 싶다는 생각이 간절하다.

저녁을 먹고 다시 호텔방으로 돌아와 어제 읽은 기억들을 정리한다.

신선문 선생님의 기억을 읽었을 때처럼 머리가 무거워서 깨질 것 같은 느낌이 들지는 않았지만 미리미리 정리를 해 둬야 다음 점핑할 때 부담이 없기 때문이다.

야쿠자의 기억은 한마디로 쓰레기였다.

쓸 만한 것이라고는 협박하는 법과 어떻게 사람을 쥐도 새도 모르게 처리하는 정도랄까?

그리고 그들이 행하던 일을 보면 볼수록 알 수 없는 분노가 솟구쳐 더 이상 볼 수가 없었다.

그들에 대한 정리를 빠르게 끝내고, 송재인이라는 아가씨에게 점핑을 했을 때 얻은 기억을 정리한다.

'그런 건가?'

송재인의 기억을 정리하며 내가 왜 불의(不義)를 보면 그토록 아무 생각 없이 끼어들었는지 약간은 이해를 하게 되었다.

불쌍한 이를 보면 느끼는 연민(憐憫), 불의를 보면 욱하는 정의감, 인간이 가지는 인간애 등.

대부분의 사람들이 가지는 공통적인 감정이 알게 모르게 기억을 읽으며 나에게 박혀 버린 것이다.

송재인의 기억엔 특히나 그러한 감정이 강했는데, 항상 누군가가 자신들을 구하러 올 것이라는 상상이 많았다.

기억에 상상이 개입할 정도로 강력한 염원.

그 기억을 볼 때 심장이 두근거리며 흑룡파와 야쿠자에 대한 분노가 다시 솟구치는 걸 느낀다.

'이러다 홍길동 되겠다.' 라는 생각이 들었지만 그냥 웃고 넘긴다.

똑똑!

'응? 이 시간에 누구지?'

"누구세요?"

"오빠, 저예요."

지난번과 비슷한 패턴이다.

그때는 어리둥절했지만 지금은 재빨리 문을 열었다.

후다닥 들어오는 은진. 난 잠깐 복도를 살펴보았지만 아무도 없음을 확인하곤 문을 닫고 들어왔다.

"휴~ 멤버들 피해 오느라 힘드네요."

"하하! 어서 와."

짙은 화장을 지우고 옅은 화장만을 했는지 아까 보던 얼굴과는 달라 보인다. 지금까지는 윤곽이 진한 미인이었다면 지금은 꽤 어려 보이는 귀여운 모습이다.

"지금 모습 이상하죠?"

"아니, 전혀. 순수미인을 보는 것 같아."

"오빠도 참……."

난 솔직히 말했다.

화장을 짙게 하는 것보다 오히려 청순해 보이는 스타일이 더 마음에 들었다.

"일본 활동하느라 많이 힘들지?"

"괜찮아요. 한국에서 활동하는 것과는 좀 다르지만 나름 재미있어요."

스케줄에 잠도 잘못 잘 텐데 꽤나 연예인 생활이 마음에 드나 보다.

"그때, 병원에서 말했었죠. 오빠가 퇴원하면 제 생각을 말해주겠다고."

"응, 그랬지."

"제 대답은 '예스' 예요."

윤승호가 그녀에게 제안한 것은 기억에 남아 있지 않지만 분명 사귀자는 말이었을 것이다.

난 그녀의 답에 잠깐 생각을 해 본다.

지금 누군가를 사귀고 있는 것도 그렇다고 딱히 걸릴 것도 없는 상태.

아이돌 여가수의 고백을 나 몰라라 할 정도로 강심장은 절대 아니다.

"고마워! 너무 기뻐."

내 대답을 기다리고 있던 은진은 환한 얼굴로 기뻐한다.

난 은진과 사귀어 보기로 했다.

직접경험으로는 여자와 처음 사귀어 보지만 간접경험으로는 어느 바람둥이 못지않게 많은 것을 알고 있으니 괜찮을 것이다.

"승호 오빠와 사귄다고 언니들한테는 말해도 되죠?"

"물론이지. 오늘을 기념해 와인이나 한잔할까?"

"좋아요."

합의하에 사귀는 사이가 되자 행동이 편해졌다.

그러나 병원에서 있었던 키스의 기억과 바싹 붙어 있는 그녀의 향기에 이성은 조금씩 사라져 간다.

◆　◆　◆

신경과의 코마 환자들을 돌보는 김인화 간호사는 보고 있던 업무 일지를 놓고 병실을 돌아볼 준비를 한다.

"저 환자들 확인하고 올게요."

"수고해."

데스크에 앉아 업무를 보는 수간호사에게 말을 건넨 그녀
는 패드형 컴퓨터를 들고 병실로 향한다.

병원에 들어온 지 얼마 되지 않는 김인화 간호사는 야간
근무에서 이 시간이 가장 힘들었다.

마치 죽은 듯 누워 있는 병실의 환자를 볼 때마다 소름이
돋는 기분이 들었다.

환자에 대해서는 안쓰럽다는 생각이 들긴 하지만 그건 낮
에나 그렇지 밤에는 환자들의 얼굴을 보는 것도 힘들었다.

'후~ 차차 익숙해지겠지.'

마음속으로 길게 심호흡을 하고 병실 문을 열었다.

31명의 환자가 생명 유지 장치에 의지해 살아가는 모습
이 보인다.

가급적 기계의 상태를 확인할 뿐 환자들을 유심히 바라보
지는 못했다.

달각!

재빨리 이상 여부를 확인하고 나가려는 그녀의 귀에 이상
한 소리가 들린다.

차마 고개를 돌리지 못하고 가만히 다시 귀를 기울이지만
더 이상 아무런 소리가 들리지 않았기에 문을 열고 나간다.

"휴~ 차라리 수술을 하는 게 편하지."

문을 닫고 잠시 한숨을 내쉬곤 다음 병실로 간다.

가장 힘든 병실을 지났으니 이제 무서울 것은 없었다.

이번 병실은 좀 특이한 곳이었다.

혼수상태의 환자와 이번에 기적적으로 일어난 환자가 같이 있는 곳으로 항상 라디오나 TV가 켜져 있었고, 간호사들이 특별히 신경 쓰는 곳이었다.

특히, 이지원 환자의 보호자는 배우이자 가수인 윤승호였다.

그는 간혹 병실에 들르며 간호사들에게 이것저것 먹을거리는 물론 무척이나 친절하게 행동을 해 병원에서 인기가 높았다.

아무래도 그러다 보니 간호사들은 이지원에 대해서 꽤 신경을 쓰는 편이었다.

하지만 윤승호도 아는지 모르겠지만 이지원은 행동이 조금, 아니, 많이 이상했다.

김인화가 본 것만 해도 몇 개는 되었다.

밥을 먹다가 갑자기 일어로 고함을 친 적도 있었고, 화장실에서 서서 일을 보려는 것도 본 적이 있었다.

게다가 어제는 침대에서 묘한 자세로 껄떡거리는 모습을 보곤 얼마나 놀랐는지 모른다.

마치 성행위를 연상케 하는 모습.

차라리 가만히 누워서 신음 소리를 냈으면 그냥 그러려니 했을 것이다.

이건 자신이 남자라도 된 듯이 엎드려서는……

어제 일이 생각나며 얼굴을 붉히는 김인화였다.

병실에 도착을 한 후 노크를 하고 안으로 들어갔다.

"실례합……."

"음~"

삐걱삐걱!

병원 침대가 삐걱대는 소리와 기묘한 표정으로 어제와 같은 행위를 하고 있는 이지원이 보인다.

그 모습을 물끄러미 바라보는 그녀는 금방 얼굴이 붉어진다.

어쩜 저렇게 사실적으로 움직이는지 저게 몽유병이라면 윤승호에게 이 사실을 꼭 말해야겠다는 생각이 들었다.

점점 더 이상한 자세로 바뀌는 이지원 환자에게서 눈을 떼고 옆에 있는 현금 환자의 상태를 살핀다.

'이 환자는 대체…….'

현금이란 환자는 이미 죽은 거나 다름없다.

한데, 누군가 돈을 대고 끊임없이 돌보는 걸 보면 어지간히 소중한 사람인 모양이다.

그의 소변 봉지를 갈아주고 나올 때까지 이지원 환자는 뭔가에 열심히 몰두하고 있었다.

'여자애가 저런 행동이라니. 에휴~'

"이지원 환자! 지금 뭘 하는 거예요?"

참지 못하고 고함을 빽 질러본다.

하지만 여전히 자신이 하는 일에 충실한 이지원.

결국 머리를 절래절래 흔들며 문을 나서지만 삐걱거리는 소리가 그녀의 머리를 어지럽힌다.

13.
불이 나다

은진은 정말이지 핫(hot)했다.

윤승호가 선수라면 그녀는 후보 선수쯤 된다고 할까?

사귀기로 한 어젯밤, 우리는 뜨거운 밤을 보냈다.

그리고 오늘 잠깐 온천 지대를 돌며 간단한 데이트를 즐긴 후, 다시 뜨거운 밤을 보냈다.

오죽했으면 그녀에게 점핑을 해 볼까 생각했었다.

하지만 사귀는 사람끼리는 비밀이 있는 게 더 좋은 법.

그냥 핫한 여자 친구를 뒀다고 생각하고 넘어가기로 했다.

은진이 자신의 방으로 간 후, 난 이지원에 있는 내 반쪽을 김명숙 회장에게 점핑을 시켰다.

거의 매일 밤 난 김명숙 회장에게 내 반쪽을 보낸 후, 선도법을 실행했다.

그냥 그녀가 좀 더 오래 살기를 바라는 마음에서 행한 일이었을 뿐이었다.

하지만, 그녀의 기억을 읽으면 선도법이 효과가 있는지 최근 꽤 활기찬 날들을 보내는 것 같았다.

한참 선도법을 행하는데 왠지 느낌이 좋지가 않다.

이틀간 좋은 시간을 보내 날아가는 기분을 느껴도 시원찮을 판에 이 찝찝한 기분은 뭐란 말인가?

"아이~ 기분이 이상하네."

난 침대에서 일어나며 중얼거렸다.

뭔가에 안절부절못하고 자꾸 손이 입 쪽으로 간다.

어젯밤에도 내 육체에 갔다 왔으니 3일이 되려면 멀었는데 윤승호의 몸에 너무 오래 있어 지안이 말하던 일체화가 이루어지려는 것일까?

아무래도 기분이 이상해 내 육체로 점핑을 했다.

변함없는 나의 정신세계.

좁은 방은 어느새 500평대의 대저택처럼 꾸며졌지만 여전히 육체와의 연결은 되지 않고 있는 상태였다.

'기우(杞遇)에 불과했었나?'

우지끈 퍽! 우다다탕!

'뭐, 뭐야!'

갑자기 들리는 소리에 깜짝 놀라 유체 이탈을 했다.

벽에 달려 있던 TV가 떨어지며 낸 소리였다.

문제는 뿌연 실내.

'불?'

생각은 길지 않았다.

김명숙 회장에게 가 있는 내 반쪽을 이지원에게 점핑을 시켰다.

약간의 이질감과 함께 피부로 뜨거움이 느껴진다.

"콜록콜록! 으에엑!"

이지원으로 눈을 뜨자마자 숨이 막혀오며 열기가 느껴진다.

"불이야! 콜록콜록!"

불이 난 것을 알리려 했지만 숨이 막혀옴에 더 이상 고함을 칠 수도 없는 상황.

위기에 대한 대응은 빨랐다.

침대보를 걷어 화장실로 들어가 물을 묻힌 후, 이지원의 몸을 감싸고 입을 틀어막았다.

그리고 다시 이불에 물을 묻혀 내 육체 위에 덮는다.

"빨리빨리!"

나도 모르게 빨리 빨리를 외쳤지만 엉뚱하게 이지원의 입에서 말이 나온다.

급할수록 돌아가라고 했던가?

난 내 육체에 있는 반쪽의 눈을 감았다.

이제 화면은 이지원의 눈으로 보는 화면만 보인다.

"콜록콜록!"

젠장, 연기가 갈수록 많이 들어온다.

이럴 땐……!

창문!

난 침대와 침대 사이에 있는 화병을 들어 창문을 향해 던졌다.

퍽!

산산이 부서지는 화병. 하지만 창문은 아무런 이상도 없다.

"씨발!"

이지원의 입으로 욕을 내뱉으며 손을 감쌀 것을 찾는다.

역시 침대에 있는 천을 찢어 손을 감싼 후 선도법을 행하며 몸에 기(氣)를 받아들이며 손을 기로 감싼다.

선도술 2단계.

사람의 뼈를 단숨에 부러뜨릴 수 있는 파괴력을 지닌 주먹이 창문으로 향한다.

퍽! 퍽! 퍽!

창문은 방탄유리처럼 코팅이 되어 있는지 금이 가면서 조금씩 부셔져 나간다.

이지원의 몸으로 3단계는 무리. 몇 번 더 2단계로 실행하자 창문은 힘없이 뒤로 떨어져 나간다.

그러면서 안에 있는 연기가 빠르게 밖으로 빠져나간다.

맑은 공기를 몇 번 마시자 다음 할 일이 생각난다.

"문으로 나가야 해."

어느새 뜨거운 공기에 말라 버린 이불보와 온몸에 물을 묻히고 내 육체 위에도 물을 뿌린다.

문에서 들어오는 열기를 볼 때 밖은 불바다임에 틀림없을 것이다.

문을 향해 선도술을 펼치려다 예전에 봤던 영화들이 떠오른다.

갑작스럽게 공기와 맞닿으면 불이 역류할 수도 있다는 것.

이지원을 이용해 내 침대를 벽 쪽으로 옮긴다. 그리고 영체로 벽을 통과해 밖의 상황을 살펴본다.

자욱한 연기 속에 화염이 날름거리고 있다.

한데 이상한 것은 복도에는 별다른 위험이 없다는 것이다.

각 방이라고 생각되는 곳에서 불이 나고 있었고, 내 방의 앞에서 불길이 넘실거리고 있을 뿐이었다.

'간호사들은 도망을 간 것인가?'

영체를 아무리 빼고 쳐다봐도 연기 때문에 그녀들이 있는지 확인할 길이 없었다.

'어떻게 하지?'

그녀들이 문제가 아니었다.

일단은 내가 살고 볼 일. 문을 부술지 아님 소방차가 올 때까지 기다려 볼지를 결정해야 했다.

난 문을 부수기로 결정했다.

병원의 모든 벽이 돌로 되어 있으니 역류가 심하지 않을 거라는 생각.

문에서 비스듬히 선 채 문을 쳐다보았다.

나무문이라 한 방에 날아갈 터, 들어오는 불만 잘 피하면 괜찮을 것이다.

"이얍!"

쾅!

창문과는 다르게 문은 이미 타고 있었는지 닿는 순간 부서져 나간다.

"헉!"

역시나 눈앞에 불이 거세게 타며 덮쳐 온다. 재빨리 몸에 걸친 이불보로 몸을 덮었다.

후끈한 열기가 몸을 훑고 지나간다.

더 뜨거우면 바로 화장실로 들어갈 생각이었지만 후속타는 없었다.

영체로 상황을 보고 있으니 정말이지 편하다는 생각도 잠시, 바로 움직이기 시작했다.

이지원이 사용하던 침대로 입구에 있는 불덩이를 거칠게 민다.

불꽃을 날리며 입구에 있던 불들이 한쪽으로 밀려난다.

"콜록콜록!"

눈물과 콧물이 줄줄 흐른다.

아무리 젖은 이불보로 입을 막고 있지만 연기가 들어가는 걸 완전히 막을 순 없는 모양이다.

창문으로 달려가 시원한 공기를 몇 번 들이키자 좀 나아진다.

이제 남은 문제는 이 병실을 빠져나가는 것이다.

현재 병실은 3층. 엘리베이터는 분명 작동불능일 것이고, 아래층으로 내려가려면 계단이 문제인데 그곳까지 불타고 있다면 탈출은 불가능할 것이다.

이지원은 숨을 돌리고, 선도법 4단계를 행한다.

피부호흡이 이런 상황에서 얼마나 효과를 발휘할지는 미

지수이지만 다른 방법이 현재로서는 없다.

일단 내 육체가 밖을 나가려면 필요한 것이 휴대용 산소 호흡기가 필요하다.

간호사 휴게실 옆에 있는 창고에 있다는 걸 알기에 바로 그곳으로 향했다.

"쿨럭!"

젠장! 눈이 따가우니 좀처럼 집중이 되지 않는다.

실눈을 뜨고 머릿속으로 간호사들의 기억을 떠올린다.

이 길을 10년이 넘도록 다닌 수간호사의 기억.

빨아들인 기를 몸에 채우고 넘치는 기로 몸을 감싼 채 산소 호흡기가 있는 곳으로 간다.

'이크!'

이미 그곳엔 불이 일렁거리고 있었다.

산소 호흡기가 없으면 탈출도 없다. 약간 무리해서 불속을 뛰어넘는다.

데스크가 있는 곳을 지나자 약간 약해지던 불의 기운이 후끈하게 올라온다.

쓰고 있던 침대보에서 수증기도 모락모락 올라온다.

서둘러야 한다는 생각에 무작정 앞으로 향해서 산소 호흡기가 있는 곳으로 다가갔다.

'캐비닛이다!'

저 안에 산소 호흡기가 있다.

재빨리 손을 뻗는데 알 수 없는 오싹함에 멈춘다.

"퉤!"

치이익!

침이 순간적으로 말라 버린다. 역시나 열이 잔뜩 올라 있었다.

팔에 기를 두르고 빠른 속도로 손잡이를 내려쳤다.

휴대용 산소 호흡기가 보인다. 하지만 열 때문에 플라스틱 부분이 녹아 있다.

그중에 가장 괜찮아 보이는 것을 양손에 집어 들었다.

불은 점점 거세지고 있다.

재빨리 몸을 돌려 병실로 향한다.

등 뒤에서 느껴지는 섬뜩함.

기를 뒤쪽으로 돌리며 몸을 날린다.

꽝! 꽝! 꽝!

산소 호흡기가 열을 이기지 못하고 폭발한 모양이다.

화끈함이 등을 타고 오른다.

하지만 더 심해지기 전에 이곳을 빠져나가야 한다는 생각에 정신을 차리고 일어나 병실로 들어간다.

내 얼굴에 마스크를 씌우고 꼭지를 돌린다.

쒸이익!

옆으로 샌다.

다른 호흡기를 대고 다시 실험을 해 본다.

됐다!

하나는 내 육체에, 다른 하나는 이지원이 이동하면서 사용하기로 했다.

병실 안은 더욱 더워진다.

이제는 출발해야 한다.

이지원이 침대를 미는 동안 난 점핑할 상대를 생각해 본다.

일단, 수간호사. 그녀의 정신세계에 만들어놓은 방을 생각하며 점핑을 시도한다.

이질감과 함께 눈에 불타는 병원이 보이고 주변에 웅성거리는 소리가 들려온다.

병원은 좌동(左洞)과 우동(右洞)으로 나누어져 있는데 좌동은 불타오르고 있었고, 우동의 입구로는 끊임없이 환자들과 사람들이 나오고 있었다.

"소방차는 오지 않나요?"

난 주변에 사람들을 향해 소리쳤다.

"입구 바로 앞 사거리에서 차 사고가 나는 바람에 지금 도로가 꽉 막힌 상태예요."

누군가가 내 물음에 답한다.

좌동의 1층의 상태가 어떤지 알아볼 겸 앞으로 다가간다.

"수간호사님, 어디 가세요?"

"저 안에 있는 환자는 어떻게 하고 나온 거지?"

"그, 그건 2층에서 불이 나서 내려갔다가 갑자기 3층까지 번진 거잖아요."

그녀의 말에 지금까지 수간호사의 기억을 읽지 않았다는 걸 알았다.

그녀들이 2층에서 3층으로 올라가려 할 때 불이 활활 타오르는 모습이 보인다.

그런 상황에 환자를 구한다고 뛰어들 사람은 드물 것이다.

"앗! 사람이 나온다."

환자복을 입은 사람 몇 명이 나온다.

탈출한 사람들이라면 뭔가 정보를 알 수 있지 않을까라는 생각에 달려가 묻는다.

"괜찮으세요? 몇 층에서 내려오시는 거죠?"

"아, 저희는……."

"2층에서 내려왔어요. 콜록콜록!"

한 사람이 말을 잘못하자 다른 한 사람이 말을 한다.

"계단으로 내려오셨어요?"

"그, 그렇죠."

"계단은 괜찮나요?"

"왜…… 그런 걸 물으시죠?"

"지금 3층에 환자들이 있어요. 어서 구하지 않으면 큰일 날 거예요."

"그건 아마 힘들 겁니다. 2층에서 1층으로도 겨우 내려왔거든요."

"콜록콜록! 저희는 잠깐 쉬어야겠네요."

그들은 날 스쳐 우르르 지나간다.

불을 뚫고 오느라 힘든 이들일 테지만 좀 더 자세한 정보를 알고 싶어졌다.

그의 홀을 느끼고 점핑을 시도한다.

'어라? 왜 점핑이 안 되지?'

마치 무언가가 가로막고 있는 듯한 느낌.

예전에도 이러한 적이 있었다.

다시 홀에 집중을 하자 홀을 막고 있는 벽 같은 것이 느껴진다.

'단번에 뚫어 버릴 수 있을 것 같은데…….'

집중을 해서 단번에 뚫고 들어가 점핑을 하려는 찰나,

쿠아앙~!

병원 좌동의 1층에서 엄청난 폭발음과 함께 가까이에 있던 수간호사의 몸이 붕하고 떠오르는 것이 느껴진다.

점핑이 중요한 게 아니었다.

다가오는 아스팔트 바닥.

YG액션스쿨에서 낙법을 배웠었다. 자연스럽게 손을 바닥에 대고 몸을 동그랗게 말았다.

몇 바퀴 굴러 아픈 곳은 있었지만 다행히 아스팔트와 키스는 면했다.

그리고 점핑할 상대를 찾아봤지만 그들의 모습은 보이지 않았다.

그들에게 점핑하는 건 포기해야 했다.

지금 안에 상황도 좋지 않았다.

소방관들이 오기 전까지 이지원에게 집중을 할 때였다.

꽝! 꽝! 꽝!

2층으로 내려가는 비상계단의 철문을 두드린다.

손에 기를 두르고 때리고 있지만 손에 은은한 통증이 느껴진다.

윤승호의 몸이라면 가능하겠지만 이지원의 몸으로는 역부

족인 것 같다.

엘리베이터는 역시 작동하지 않았고, 2층으로 내려가는 비상문은 웬일인지 꼭 잠겨 있었다.

그래서 선도술 2단계를 펼치며 철문을 두드렸다.

손잡이가 부서지고 어느 정도 우그러져서 열릴 법도 한데 어쩐 일이지 꿈쩍도 하지 않는다.

"콜록콜록!"

선도법의 피부호흡도 지독한 연기 앞에서는 오래 버티지 못했다.

병원 침대에 놓아둔 산소 호흡기를 틀어 산소를 마신다.

하지만 기침은 멈추지 않는다.

"케에엑! 퉤!"

검은 침.

이대로 있다간 이지원도 죽겠다는 생각이 머리를 스친다.

그렇다고 내 육체를 포기하기에는 뭔가가 억울하다.

2층으로 가야 우동(右洞)으로 갈 수 있는 구름다리를 건널지 1층으로 갈지 결정을 할 수 있는 상황.

다시 이지원의 몸으로 철문을 두드린다.

'조금만 더 치며 될 것 같은데…… 조금만 더…….'

아무런 생각이 들지 않았다. 오로지 눈앞에 있는 철문을 부술 생각뿐이었다.

'더 많은 기(氣)가 필요해. 더 많은 기(氣)가!'

난 홀로, 피부로 더 많은 기를 갈구했다.

서서히 주변의 기가 내 염원에 동조를 하며 꿈틀댄다.

일순 피부의 모공 하나, 하나에 홀이 생겼다고 할까? 아니, 백회에 있던 홀이 온몸으로 커지는 느낌이 들며 주변의 기를 무작정 빨아들인다.

그렇게 탐욕스럽게 빨아들인 기는 두 손에 집중되었고, 온몸을 감싼다.

꾸앙! 꾸앙!

치는 소리가 달라진다.

꽈앙앙!

철문은 아까와 달리 마치 알루미늄처럼 우그러지더니 마침내 옆에 콘크리트 벽까지 떨어져 나가며 뒤로 튕긴다.

"젠장!"

하지만, 문짝이 날아가며 새로운 통로를 찾은 불길이 슬로우 비디오처럼 날 덮쳐 온다.

피할 곳은 없었다.

오로지 두 팔을 얼굴에 가린 채, 최대한으로 몸을 움츠리며 피해 부분을 줄이는 방법밖엔.

믿을 것은 지금도 광포하게 먹어치우는 기(氣)밖에 없었다.

"크으으~"

살을 태우는 듯한 열기에 저절로 신음 소리가 나온다.

그리고 갑작스럽게 느껴지는 충격.

이지원에 있는 내 반쪽이 정신을 잃었다.

"모두들 비켜주십시오!"

이제야 달려오는 소방관들을 보고 이를 갈았다.

당장에라도 소방관에게 점핑해 3층으로 달려가고 싶었지

만 상황은 늦었다.

지금은 내 육체와 이지원의 상태를 살펴야 한다.

난 나의 육체로 점핑을 한다.

지금까지 9년 동안 단 한 번도 어떠한 변화도 없던 정신세계.

지금 그 정신세계가 붕괴되어 가고 있다.

'어떻게 이런……'

정신세계에 만들어 놓은 방은 서서히 녹아내렸고 어둠의 공간인 정신세계는 꿈틀대며 줄어들고 있었다.

바로 유체 이탈을 시도한다.

예전에는 그냥 빠져나왔다면 이번엔 무언가를 뚫고 나오는 것처럼 힘들었다.

'아……'

밖에 나온 난 절망을 해야 했다.

이지원은 뭔가에 맞아 피를 흘리고 쓰러져 있었고, 내 육체는 지금 타오르고 있었다.

침대에 붙은 불이 몸에도 붙었는지 발과 허리 부분이 타오르는 날 바라보는 건 고통이었다.

하늘이 무너지는 것 같은 허탈감과 아픔이 느껴진다.

포기했다고 생각했는데…….

아직 완전히 포기를 못하고 있었음이다.

'헉!'

잠깐 감상에 젖어 있는데 내 육체에 있는 홀이 날 강력하게 빨아들인다.

홀을 바라보자 작아지면서 흡입하는 힘은 더욱 강해지고 있었다.

내 육체가 죽고 있다는 것을 알 수 있었다.

난 늦기 전에 쓰러져 있는 이지원에게 점핑을 한다.

이지원의 몸도 정상이 아니었다.

일어나자마자 끊임없이 나오는 기침에 내장이 밖으로 나올 뻔했다.

이미 반쯤 타 버린 내 육체에서 난 산소 호흡기를 빼서 이지원에게 씌웠다.

"미안."

난 내 육체를 바라보고 한마디를 했다.

해골처럼 말라 버린 내 얼굴은 흐르는 눈물 때문인지 흐릿하게 보인다.

미안하다는 말 한마디, 눈물 한 방울로 내 육체와 이별을 한다.

뒤돌아보지 않고 왔던 길을 돌아 내가 있던 병실로 향한다.

계단으로는 접근이 불가능하다는 판단에서였다.

혼자 빠져나가기는 훨씬 쉽다.

정 안 되면 3층에서 뛰어내릴 생각이다.

"2층의 구름다리가 보이는 곳이……."

온몸과 하나가 되어 버린 홀(Hole)로 기(氣)를 흡수하며 불타는 3층 복도를 뛴다.

양팔과 양다리의 화끈거림도 한결 나아진다.

"여기다!"

2층의 구름다리도 불타고 있지만 아직 무너지지는 않았다.

창문을 깨고 구름다리를 밟고 우동(右洞)으로 옮겨갈 생각이다.

선도술 2단계는 아까와 위력이 달랐다.

단 한 방에 유리창이 떨어져 나간다.

흔들!

펑펑펑펑!

창문 밖으로 나가 아래로 뛰어내리려는데 갑작스럽게 건물이 흔들거리며 뭔가 터져 나가는 소리가 들린다.

하늘에서 내리는 유리 파편들.

건물이 무너질 모양이다.

재빨리 몸을 날려 구름다리에 섰지만 구름다리도 점점 뒤틀리고 있다.

날듯이 구름다리를 뛴다. 아래로 뛰어 볼까 싶었지만 건물이 혹여 내 쪽으로 쓰러진다면 상상하기도 싫다.

점점 아래로 떨어져 내리는 구름다리.

구름다리가 떨어져 내리며 우동과 이어진 통로가 나타난다.

"가능해!"

마지막 돋움을 하며 그 통로로 몸을 날린다. 아슬아슬하게 몸을 뒹굴며 착지할 수 있었다.

쿠쿠쿠쿠 꽝~

좌측의 병원 건물이 무너지며 그 진동과 먼지들이 나에게 전해진다.

다행히 우측 건물은 약간의 흔들림과 충격으로 창문만 깨졌을 뿐 별다른 피해가 없어 보인다.

어둠 속에서 건물이 무너지는 모습을 눈 안에 담는다.

내 육체의 거대한 무덤이 되어 버린 곳은 뿌연 먼지밖에 보이지 않았지만 한참을 멍하니 바라본다.

◆　◆　◆

일본에서 하루 더 있을 예정이었지만 눈을 뜨자마자 한국으로 향했다.

수행팀의 투덜거림은 있었지만 TV를 본 이후로는 그들의 그마저도 사라졌다.

오히려 걱정스런 눈빛으로 날 위로해 준다.

"병원으로 바로 갈까?"

공항에 도착하자마자 차를 가져온 동수 형의 말에 난 고개만 끄덕였다.

내 반쪽은 어디로 갔는지 내가 윤승호의 몸으로 돌아오자 정신을 잃었고 여전히 정신을 못 차리고 있었다.

내 반쪽이 사라진 것은 확실히 아니라고 느끼고 있다.

하지만, 약간의 불안한 마음은 어쩔 수가 없었다.

앞으로 3일 뒤면 난 윤승호와 일체화가 진행될 것이다.

빼도 박도 못하는 상황.

지안도 명확히 얘기를 하지 않아 그것이 어떤 건지 알 수가 없지만 반쪽의 영체가 아닌 온전한 영체로 일체화를 해야겠다는 생각이 들었다.

병원은 입구에서 한참 떨어진 곳부터 꽉 막혀 있었다.

도로 양옆으로 수많은 소방차들과 경찰차들이 서 있었고 방송국 차량도 드문드문 보인다.

"나 걸어갔다가 올게요."

"그럼, 저 아래 사거리에서 기다릴게."

"그러지 말고 그냥 들어가요. 택시 타고 들어갈 테니. 모두들 편히 쉬고 며칠 뒤에 만나요."

난 수행팀에게 인사를 하고 모자를 쓰고 차에서 내렸다.

스타들이 주로 타는 밴이라 쳐다보는 사람들이 있었지만 신경 쓰지 않고 병원으로 향했다.

경비실이 있는 입구부터 사고 현장과 병원의 우동(右洞)으로 나누어져 있었다.

병원으로 들어가는 길에 사고 현장을 바라본다. 어젯밤의 일이 또렷이 기억나건만 마치 낯선 장소를 바라보는 것 같은 느낌이다.

'응? 어디서 본 듯한 인물인데.'

화재 현장을 살펴보는 인물 중에서 한 명의 얼굴이 낯이 익다.

현장 안에 있는 걸 보니 정부기관 사람인 것 같은데 내가 아는 정부기관 사람은 없었다.

"윤승호 아냐?"

"글쎄? 맞는 것 같은데."

난 낯이 익은 사람을 더 살펴볼 겨를도 없이 주변에 모여드는 사람들을 피해 병원 안으로 들어갔다.

병원 안은 바깥보다 더 수선스러웠다.

좌동에 있던 환자들이 이곳으로 몰려들었으니 어쩌면 당연한 일.

이곳에 더 이상 있을 수 없다며 퇴원을 하는 환자들까지 북새통이 따로 없었다.

난 그들을 피해 계단으로 이지원이 입원한 곳으로 바로 올라갔다.

"병실이 없다고 환자를 이렇게 복도에 둬도 괜찮은 겁니까?"

"죄송합니다. 병실이 나는 대로 바로 조치를 취하겠습니다."

"죄송이고 뭐고 당장 병원을 옮기겠소."

"일단 고정하시죠. 금방 병실이 날 겁니다."

입원실이 있는 곳도 마찬가지로 시끄럽다.

간호사들은 환자의 가족들에게 쩔쩔맨다.

하지만 막상 병원을 옮기려면 그것도 엄청 손이 많이 가는 일이다.

간단한 병이라면 당장 퇴원을 하면 되지만 오랫동안 병원에서 지내던 환자가 병원을 옮기면 또 각종 검사를 받아야 함으로 환자 가족 입장에서도 손해가 이만저만이 아니게 된다.

고함을 치던 사람도 그것을 아는지 '빠른 조치'를 새삼 강조하며 환자에게로 간다.

"실례합니다. 이지원 환자를 보러 왔는데요."

"잠시만요. 이지원 환자라…… 아! 신경과에 입원했었던……."

"예."

"담당 간호사를 불러드릴게요. 윤희씨! 윤희 씨!"

데스크 뒤쪽을 향해 간호사가 부르자 백윤희가 나타난다.

"윤희 씨, 이분이 이지원 환자를 찾으시네요."

"안녕하세요, 오랜만에 뵙네요."

"아! 윤승호 씨. 절 기억하시는군요."

물론 기억하고 말고.

백윤희을 보면 왠지 엉덩이 쪽이 가려워진다.

"절 따라오세요."

여전히 매력적인 그녀는 좁은 복도를 지나가며 날 안내한다.

"2인실인데 지금 병실이 부족해서 환자가 4명이 들어가 있어요."

"괜찮습니다."

"이해해 주셔서 감사합니다."

백윤희는 어딘가 모르게 예전과 다르게 밝아 보인다.

문득 드는 궁금증에 그녀에게 묻는다.

"얼굴이 예전보다 많이 밝아지셨어요."

"그런가요? 얼마 후에 결혼을 하게 되어서 그런가 봐요. 후후!"

환자들이 있는 곳이라 손을 가려 웃는 그녀.

과거 내가 그녀의 정신세계에 어떤 글을 적어뒀는지 상기해 본다.

기억났다.

―자신을 소중히 할 것.

그 글의 영향인지 모르지만 그녀가 행복해 보여서 다행이었다.

짓궂은 장난을 많이 해서 마치 남처럼 느껴지지 않는다.

"축하드려요. 행복하게 사세요."

"감사해요. 이곳이에요. 지금 이지원 환자는 숙면 중이에요. 이마의 상처 때문에 잠시 정신을 잃은 모양이에요. 이마의 상처는 크지 않으니 곧 깨어날 거예요."

"그렇군요. 화상과 유독가스를 많이 마셔서 그런 건 아닌가요?"

"유독가스 검사도 기록을 보면 다행히 치명적인 수치까지 마신 건 아니더라고요. 화상은 치료만 잘 받으면 흉터가 없을 거예요. 자세한 말은 의사 선생님 모시고 올 테니 그분에게 물으시면 될 거예요. 잠시만 기다려 주세요."

난 그녀에게 고맙다고 인사를 한 후 병실로 들어갔다.

병실 안에는 4명의 환자와 그들의 가족으로 보이는 사람들이 있었다.

이지원은 새벽에 점핑할 때는 엉망진창이었던 모습이 꽤 말끔하다.

하지만 양손의 붕대가 마음을 아프게 한다.

난 이지원의 옆에 앉아 물끄러미 그녀를 바라본다.

'미안.'

이미 영체가 떠난 육체였지만 그녀에게 사과했다.

내 육체를 살리기 위해 너무 무리하게 그녀의 육체를 사용한 것에 대한 사과였다.

앞으로 이지원을 어떻게 해야 할지 비행기로 오면서 많은 생각을 했었다.

지안이 원래 이 몸을 차지하게 할 생각이었는데 지금으로서는 미지수.

육체를 돌릴 수 있다면 영체도 돌릴 수 있지 않을까라는 생각도 했다.

그래서 내린 결론은 일단은 내 반쪽으로 같이 생활하기로 했다.

지안이 차지하거나 영체가 돌아온다면 더할 나위 없이 좋겠지만 그렇게 안 된다고 하더라도 평범하게 살아가는 이지원의 모습을 보고 싶었다.

내 육체를 찾는 것을 실패했기에 이지원만은 성공하고 싶다는 마음도 있었다.

물론, 무궁무진한 정신 이동의 능력이라면 분명 다른 방법도 찾게 될 것이라는 희망적인 생각도 해 본다.

'아!'

생각을 하는 동안 내 영체의 반쪽이 이지원에게 돌아옴이 느껴진다.

그리고 캄캄했던 왼쪽의 화면이 형광등 불빛을 받아 검붉은 색으로 바뀐다.

이지원의 눈을 떠본다.

나와 그녀의 눈이 마주친다.

마치 거울의 방에 있는 듯한 느낌.

"돌아왔구나."

"응!"

난 내 반쪽을 하나의 개체로 인식을 했다.

앞으로 둘로 살아가려면 많은 어려움이 있겠지만 지금 이렇게 둘로 나눠서 생각하는 편이 훨씬 도움이 될 것이다.

"이지원 환자가 깨어났군요."

뒤에서 들리는 신경과 과장의 목소리.

이지원에게 몇 가지 질문과 간단한 검사를 한다.

"다른 이상은 없어 보입니다. 화상은 약만 꾸준히 발라주면 될 것 같군요."

"다행이군요."

"예. 하지만 지금 이지원 환자의 신경과 치료는 현재로서는 이곳에서 힘든 실정입니다. 윤승호 씨와 이지원 씨를 위해 제가 병원을 소개시켜 드릴까요?"

"아뇨……."

난 의사의 말에 고개를 저으며 말을 이었다.

"이제 퇴원을 시킬 생각입니다. 지원이도 저도 이제 자신의 삶을 살아야 하니까요."

내 말을 잘 이해하지 못했는지 약간 어리둥절해 하는 그.

상관없다.

이건 그에게 하는 말이 아니라 내 자신에게 하는 말이니까.

지긋지긋한 병원과의 인연은 이것으로 끝낼 생각이다.

〈3권에서 계속〉

점핑

1판 1쇄 찍음 2012년 4월 2일
1판 1쇄 펴냄 2012년 4월 12일

지은이 | 준 철
펴낸이 | 정 필
펴낸곳 | 도서출판 **뿔미디어**

편집장 | 이재권
기획 · 편집 | 심재영
편집디자인 | 이진선
관리, 영업 | 김기환, 임순옥

출판등록 | 2002년 9월 11일 (제1081-1-132호)
주소 | 부천시 원미구 상3동 533-3 아트프라자 503호 (우)420-861
전화 | 032)651-6513 / 팩스 032)651-6094
E-mail | BBULMEDIA@paran.com
홈페이지 | www.bbulmedia.com

값 8,000원

ISBN 978-89-6639-624-5 04810
ISBN 978-89-6639-622-1 04810 (세트)